Hermann Sudermann

Die Ehre

Schauspiel in 4 Akten

Nachwort von
Bernd Witte

Reclam

Der Text folgt der Erstausgabe: Hermann Sudermann: Die Ehre. Schauspiel in vier Akten. Berlin: F. & P. Lehmann, 1891. – Die Orthographie wurde behutsam dem heutigen Gebrauch angeglichen.

RECLAMS UNIVERSAL-BIBLIOTHEK Nr. 7825

Bibliographisch ergänzte Ausgabe 1997
Die Aufführungs- und Senderechte für Bühne, Hörfunk, Film und Fernsehen vergibt Felix Bloch Erben, Hardenbergstraße 6, 10623 Berlin
Satz: Reclam, Ditzingen
Druck und Bindung: CPI – Clausen & Bosse, Leck
Printed in Germany 2013

ISBN 978-3-15-007825-9

www.reclam.de

Personen

KOMMERZIENRAT MÜHLINGK

AMALIE, *seine Frau*

CURT LENORE	*deren Kinder*

LOTHAR BRANDT

HUGO STENGEL

GRAF VON TRAST-SAARBERG

ROBERT HEINECKE

DER ALTE HEINECKE

SEINE FRAU

AUGUSTE ALMA	*deren Töchter*

MICHALSKI, *Tischler, Augustens Mann*

FRAU HEBENSTREIT, *Gärtnersfrau* WILHELM, *Diener* JOHANN, *Kutscher*	*bei Mühlingk*

DER INDISCHE DIENER *des Grafen Trast*

Die Handlung spielt auf dem in Charlottenburg gelegenen Fabrik-Etablissement Mühlingks

Erster Akt

Zimmer in der Wohnung Heineckes. – Kleinbürgerliche, stark verschlissene Ausstattung, mit welcher etliche Prunkstücke: zwei seidene Sessel, anfangs in graue Überzüge gehüllt und ein großer, goldener Trumeau kontrastieren. – Brüchiger Hausrat auf Kommode und Wandbrettern. – Rechts (vom Publikum aus) ein Sofatisch mit Kaffeezeug darauf, links ein langer, roher Arbeitstisch mit Kleistertopf, Pappbogen und einem Stapel fertiger Kartons daneben. Ein Arbeitsschemel.

Erste Szene

Frau Hebenstreit und Frau Heinecke.

FRAU HEINECKE *(ist eifrig beschäftigt, die Stube zu säubern).*

FRAU HEBENSTREIT *(durch die Tür rechts).* Es is also wahr? – Ihr Sohn ist da? –

FRAU HEINECKE. Pst! Pst! – Um Jotteswillen! – Er schläft! –

FRAU HEBENSTREIT. Dort in Alma'n ihre Kammer?

FRAU HEINECKE. Ja doch! – Ick weeß nicht mehr, wat ick dhu'. – Mir ist janz wirblig vor lauter Freuden. *(Läßt sich in den Schemel fallen.)*

FRAU HEBENSTREIT. Weiß man's schon drüben ins Vorderhaus?

FRAU HEINECKE. Er hat sich anmelden müssen, weil es doch die Herrschaft ist, und heute wird er eine Fisite machen.

FRAU HEBENSTREIT. Wie lange ist er eigentlich weg gewesen?

FRAU HEINECKE. Sieben – acht – neuneinhalb Jahr. – So lang hab ich mein Kind nicht gesehen. *(Weint.)*

FRAU HEBENSTREIT. Und haben Sie ihn gleich wieder erkannt?

FRAU HEINECKE. I, wo werd ick denn! Jestern abend gegen Uhre achte ... Heinecke ist übern Lokalanzeiger eingedruselt, und ick sitz nu da und näh für Alma'n 'nen Spitzensaum an'n Unterrock, denn wat das Mächen für Weißzeug braucht! ... kurz – da kloppt's und ein Mann kommt rein – was sag ich, ein Herr, ein feiner Herr in einem teuren Biberpelz – da hängt er – fassen Sie mal *den* Biber an – ick denk, es is einer von Alma'n ihre vornehmen Bekanntschaften, dem jungen Herrn Curt seine Herren Freunde – –

FRAU HEBENSTREIT *(lauernd).* So, so. – –

FRAU HEINECKE. – Denn die sind jar nich stolz und kommen sich nicht zu schad vor, mal bei uns arme Leute ins Hinterhaus vorzusprechen. – Also das denk ich mir, da hat er auch schon Rock und Hut an die Erde geworfen – einen pikfeinen Celinder einfach an die Erde – und is dicht vor mir uf die Knie gefallen. – Ick denke, mir rührt der Schlag, aber wie er nu ruft: Mutter, Vater, erkennt Ihr mich nich? ... ick bin's, Robert, Euer Sohn Robert ... ach, Frau Hebenstreit, es war zu schön. – Wie ich das überleben werd! ... *(Weint.)*

FRAU HEBENSTREIT. Ruhig Blut, Frau Nachbarin. Die Freud' wird sich schon legen. Jede Ratze hat'n Kopp und'n Schwanz, und der Ratzenschwanz ist mehrschtendeels voll Jift.

FRAU HEINECKE. Wie können Sie so wat sagen? Mein Sohn ist ein juter Sohn und ein nobler Sohn.

FRAU HEBENSTREIT. Zu nobel, Frau Heinecken! Wenn einer in so ville Herren-Ländern gewesen ist und auf lauter Sammet und Seide gelegen hat –

FRAU HEINECKE *(auf die Sessel weisend).* Kann er auch bei uns, Frau Hebenstreit.

FRAU HEBENSTREIT *(mit einer Grimasse).* Na, na. Ob er wird wollen!

FRAU HEINECKE. *Wird* wollen, Frau Hebenstreit! Was ein Mutterherz is, kennt kenen Rang und kenen Stand. – Und Jeses – ich steh hier! Und – wo mein Heinecke nur steckt? – Haben Sie Heinecken nicht gesehen? – Wenn *der* das Humpeln kriegt mit seinen lahmen Bein!

FRAU HEBENSTREIT. Der stand vorhin mit 'nen riesenjroßen Plakat bei drei Jrad Kälte in'n schönsten Morgensonnenschein, zum Trocknen, sagt er.

FRAU HEINECKE. Lassen Sie dem ollen Mann sein Vergnügen. Die halbe Nacht hat er an des Dings rumgekleistert. Haben ja doch nich schlafen können – alle beid'. Denn so'ne Freude –

Zweite Szene

Die Vorigen. Heinecke.

HEINECKE *(hinkend, mit steifem Arm, trägt ein sehr großes Plakat vor sich her).* Hurra. – Nu is der Kitt –

FRAU HEINECKE. Biste stille!

HEINECKE *(gedämpft).* »Willkommen, teurer Sohn, im Vaterhause.« Fein – was? –

FRAU HEBENSTREIT. Die reene Schützenscheibe!

HEINECKE. Und's brave Vaterherz ist Zentrum. – Sie olle –

FRAU HEINECKE. Zieh dir die Hälschenstrippe runter. Sie wissen ja, wie er is, Frau Nachbarin.

HEINECKE *(klettert mit Hammer und Nägeln auf einen Stuhl, um das Plakat an der Wand zu befestigen).*

FRAU HEBENSTREIT. Wo hat Ihr Sohn die Bildung und so das Feine eigentlich her? Aus *dem* seine Familie doch nich?

FRAU HEINECKE. Und aus meine erst recht nich. Aber das sind nun so an die 17 Jahre – da bekam der aus dem Vorderhause, was unser Brotherr war, die Kommerzienratstitelatur. – Und darum gab's 'ne große Festivität und Eklipagen und Illemination und dergleichen und Freibier fürs janze Fabrikpersonal. – Nu mag mein Mann wol'n bisken angedudelt gewesen sind – und warum auch nich? – Vater, kloppe nich! – wenn's nischt kost't? – kurz, wie die Eklipagen gerad' im Abfahren sind, gerät er unter die Räder und bricht Arm und Bein.

HEINECKE *(vom Stuhl her).* Meinste mir? Ja woll! Das war keine Kleinigkeit! *(Pfeift.)*

FRAU HEINECKE. Pfeife nicht. Das hören nu die Herrschaften uf den Balkon und lassen sich erkundigen nach Familienverhältnisse und so dergleichen, und weil's Herz voll war von den neuen Titel, war die Hand ooch offen, und sie versprachen, für uns zu sorgen und unsern Ältesten auf eigne Kosten erziehn zu lassen.

FRAU HEBENSTREIT. Und das haben sie gehalten?

HEINECKE. Ha, Bande! *(Arbeitet weiter.)*

FRAU HEINECKE. Wie man's nehmen will. Uns loschierten sie hier ins Hinterhaus ein, wo wir ja – Jott sei Dank – noch sitzen, und den Robert schickten sie in die Erziehungsanstalt, wo er sich das Pli und so die Bildung anlernen tat. Und wenn er in den Ferien zu Hause kam, wurde er nach das Vorderhaus geladen zu Schakelade und Schlagsahne und überhaupt als Spielkamerad von's kleine jnädge Fräulein, denn der junge Herr Curt sog damals noch an'n Jummiproppen.

FRAU HEBENSTREIT. Der war wohl überhaupt mehr vor die Alma? –

FRAU HEINECKE *(gedämpft).* Was wollen Sie damit ...?

FRAU HEBENSTREIT. Ick meene man so.

FRAU HEINECKE. Und späterhin schickten sie ihn nach Hamburg in die Lehre – fürs ausländische Geschäft, wissen Sie – und als er 19 Jahre war, jing's auf die Reise gleich bis ins hinterste Indien rin, wo 'ne janz barbarische Hitze soll sind. Da hat der Kommerzienrat einen Brudersohn zu sitzen, der ist da, um Kaffee und Tee inzusammeln.

HEINECKE. *Das* wächst da so rum, wie bei uns die Butterblumen – *(Steigt herab.)* – – Fein – was?

FRAU HEINECKE. Dem sollt er 'n bisken zur Hand jehn. Und Jesus – nu is er wieder da – und ick steh und –

FRAU HEBENSTREIT. Ick geh schon! Adjes! Adjes! Und denken Sie ans Jift in'n Ratzenschwanz. *(Beiseite.)* Nette Package! *(Ab.)*

Dritte Szene

Heinecke. Frau Heinecke.

HEINECKE. Selbst 'n oller Jiftpilz! –

FRAU HEINECKE. Der Neid, Vater, der Neid! –

HEINECKE. Deibel, wo hast du den Nappkuchen her?

FRAU HEINECKE. Die Köchin hat ihn gebracht mit 'n Jruß von's jnädige Fräulein.

HEINECKE *(sich abwendend)*. Was aus dem Vorderhause kommt, interessiert mich nicht. Der Herr Sohn könnten nu übrigens ausgeschlafen haben. In de Fabrik werden sie gleich zum zweiten Frühstück pfeifen. *(Liebäugelt mit dem Plakat.)* Willkommen, teurer – –

FRAU HEINECKE *(ausbrechend)*. Vater, er ist da!

HEINECKE. Wer?

FRAU HEINECKE. Der Junge.

HEINECKE *(zeigt auf das Plakat)*. Wissen wir schon!

FRAU HEINECKE. Pst! Es hat sich was gerührt – *(Lauscht.)* Wahrhaftig, er zieht sich schon die Stiebeln an! Wenn ich denke, dahinter steht er und zieht sich die Stiebeln an, und durch diese Düre wird er gleich rinkommen – –

HEINECKE. Dann sag ich nichts weiter als: Willkommen, teurer – hast du ihm ooch von Alma'n ihre feine französche Seife uf 'n Waschtisch gelegt?

FRAU HEINECKE. Und wie oft hab ick hier gesessen und gedacht: ob er auch sein jutes Bette hat? Und ob die Wilden ihm noch nicht ufgefressen haben. Und nu is er mit ein Mal da, Vater, und wir haben ihn, Vater, – Vater, laß die Rosinen stecken!

HEINECKE. Sieh mal da. – Wenn es mir paßt! –

FRAU HEINECKE. Still! ... Er kommt! ... Die Strippe ist dir wieder vorgekrochen ... Man muß sich ja schämen ... *(Streicht die Schoner der Sessel zurück.)* Jeses, wie is mir angst ...

Vierte Szene

Robert. Heinecke. Frau Heinecke.

ROBERT *(den Eltern entgegenstürzend, die steif und verlegen dastehen).* Guten Morgen, Vater ... Guten Morgen, Mutter! *(Umarmt die Mutter und küßt ihr wiederholt die Hand.)* Ich bin – ganz – unmenschlich – glücklich!

HEINECKE. »Willkommen, teurer« – *(Da Robert sich auf seine Hand niederbeugt, wischt er sie rasch an den Beinkleidern ab.)* Du willst mir ooch die Hand küssen?

ROBERT. Gewiß will ich das, wenn du sie mir gibst ...

HEINECKE *(reicht sie ihm dar).* Da sieht man, was ein juter Sohn is ...

ROBERT *(sich umschauend).* Da wär man also! ... Ich weiß noch gar nicht: Ist es denn möglich? ... Am Ende träum ich wieder mal bloß. Das wär 'ne schlimme Geschichte! ... Ach – und das Heimweh! – Herr des Himmels, das Heimweh! ... Denkt Euch mal, da sitzt man zur Nachtzeit in einem Winkel, und alles, was man verlassen hat, steht lebendig um einen rum, Mutter, Vater – der Hof, der Garten, die Fabrik – und mit einem Male sieht man einen langen, langen Palmenwedel über sich schwanken oder aus der Ferne kreischt ein Papagei, und man kommt zu sich und weiß, man sitzt einsam am andern Ende der Welt ... Brr!

HEINECKE. Popejei? ... Das muß doch sehr hübsch sind? ... Das können bei uns bloß die reichen Leute haben.

ROBERT. Ja, und wenn Ihr wüßtet, was ich für Angst ausgestanden hab die letzten Jahre hindurch und noch jetzt auf der Heimreise, daß ich alles so finden würde, wie ich es mir in meiner Sehnsucht ausgemalt hab!

HEINECKE. Warum denn nich? –

ROBERT. Da war einer – ah, sonst ein lieber Freund, mein liebster Freund, müßt Ihr wissen – der versuchte meine Erwartung herabzustimmen. – Du bist fremd geworden, hat er gesagt, und man soll nicht leimen wollen, was Zeit und Schicksal längst zerbrochen haben – und weiß Gott, was sonst noch. – Da hab ich wirklich beinahe angst bekommen vor ihm und Euch und mir auch ... Na, Gott sei Dank, auch die Sorge ist von einem genommen. Alles und alles hat sich erfüllt. – Das ist wirklich und wahrhaftig, was ich mir zehn Jahre lang ausgemalt hab! ... Da ist Vater – da ist Mutter – lieb und schlicht und – – *(zärtlich)* ein bißchen klapprig geworden – na ja! ... *(Sich reckend.)* Aber wozu sind denn diese zwei jungen Arme auf der Welt? Paßt auf! ... Die haben das Goldmachen gelernt ... und die Schwestern werden auch bald da sein! ... Sieh – und hier steht Vaters alter Kleistertopf – ach je ... *(Streichelt den Topf.)* Und mein Einsegnungszeugnis – eingerahmt. – Und die Dampfmaschine daneben macht auch immer noch ihren lieben Skandal. –

FRAU HEINECKE. Hast wohl keen Ooge zugemacht von wegen die olle Maschine ... die bumst ooch die janze Nacht hindurch ...

ROBERT. Ein schöneres Wiegenlied, Mutter, hat mich noch nie in den Schlaf gesungen. Ich war schon halb hinüber, da sagt' ich mir noch immer: Pfauche nur, stampfe nur, altes Tier. Immer fleißig. Aber wenn du dich noch so anstrengst, fleißiger als ich, der ich hier liege, kannst Du am Glanze des Hauses Mühlingk auch nicht schaffen. Denn hier ist ein Hebel, mit dem man rechnen muß. – Ist das nicht ein stolzer Gedanke? ... Und da ist das Herz mir weit geworden für unsere Wohltäter. –

HEINECKE. Hm!

ROBERT. Du sagtest, Vater?

HEINECKE. Ick? nischt!

ROBERT. Und ich hab mir zugeschworen, nicht zu erschlaffen in ihrem Dienste bis zu meinem letzten Atemzug.

HEINECKE. Ick denke, du hättst nu gerade genug für *die* getan.

FRAU HEINECKE. Geschunden und abgerackert hast du dich zehn Jahre lang.

ROBERT. Es war nicht so schlimm, Mutter. Aber nun sprechen wir lieber nicht mehr in diesem Ton! ... Das Mühlingksche Haus hat mir jeden Tag auf's neue Ursach zur Dankbarkeit gegeben. Die Briefe waren beinahe freundschaftlich zu nennen, die der Kommerzienrat und vor allem Curt, der ja jetzt Mitinhaber ist, an mich richteten.

HEINECKE. Curt – Alabonheur, das is ein nobler Junge. Aber im übrigen wird's auch hier heißen: der Mohr hat seine Schuldigkeit getan, wie der Berliner sagt ... Lehr mich die Bande kennen!

ROBERT *(verschluckt eine Erwiderung und wendet sich stirnrunzelnd hinweg).*

HEINECKE. Ja, Robertchen, sieh dich nur um! Siehste nischt? Er sieht nischt, Mutter! –

FRAU HEINECKE. Ach, laß deinen Schnak!

HEINECKE. Meinen Schnak – so! Wenn ick den teuren Sohn im Vaterhause willkommen heiße, so is dir das Schnak? *(Führt ihn zum Plakat.)* He ... Haste Worte?

ROBERT. Das hast du gemacht, Vater, du mit deinem lahmen Arm?

HEINECKE. Pah! Ick mach noch janz andere Dinge! Wenn ick armer Krüppel nicht mal zujriffe, wäre die werte Familie schon längst verhungert ... Wat stehste hier un jaffst, Mutter? Wo bleibt der Kaffee?

FRAU HEINECKE. Na, na! *(Wendet sich zum Gehen.)*

ROBERT *(ihr nacheilend).* Mutter, es war gewiß nicht schlimm gemeint.

FRAU HEINECKE. Schlimm? Er red't nur so, damit du denken sollst, er is der Herr im Haus! *(Ab.)*

Fünfte Szene

Robert. Heinecke. Später Frau Heinecke.

ROBERT und HEINECKE *(schweigen).*

ROBERT *(die peinliche Stimmung niederkämpfend).* Die Schachteln klebst du auch noch, Vater?

HEINECKE. Immerzu kleb ich se.

ROBERT. Und der Arm hindert dich nicht?

HEINECKE. Der Arm, hahaha, der Arm! Willst du sehen, wie ich klebe? Zuerst die Pappe – so – dann die Falze – so! *(Läßt mit großer Geschwindigkeit den Pinsel über ein paar Pappplatten gleiten, die er mit dem Ellbogen des linken Armes fest aneinanderstreicht.)* Wer macht mir armen Krüppel das nach?

ROBERT. Du bist ein Tausendkünstler.

HEINECKE. Bin ick ooch! Aber wer erkennt des an? Wer ästimiert mir? Keiner ästimiert mir! Natürlich, wo soll bei de Fräuleins – die eine ist ja nu Madam – die Achtung herkommen, wenn die eigne Mutter mit so schlechtem Beispiel vorangeht?

ROBERT *(unwillig).* Vater!

HEINECKE. Ja du, du bist weit vom Schuß! Aus de Ferne sieht sich das allens wunder wie schön an! Da heißt es: teures Mütterlein und holdes Schwesterlein! – Aber sähest du nur zu, was ich alles aushalten muß! Nicht einmal das Pferdebahngeld gibt sie mir, wenn ich in die Stadt zu Biere will.

ROBERT. Vater, tust du ihr nicht Unrecht? Hegt sie dich nicht wie ihren Augapfel?

HEINECKE. Jott, ick will ja nischt gegen sie gesagt haben, aber ... pscht, sie kommt!

FRAU HEINECKE *(mit der dampfenden Kaffeekanne).* Nimm Platz, Robertchen! Ne, hier uf den Fotölch! – Wart ein biscken! *(Reißt die Überzüge herunter.)* So ein vornehmer Herr muß auf pure Seide sitzen.

ROBERT. Himmel, was für 'ne Pracht!

FRAU HEINECKE. Ja, und der andere is ebenso. Zwei Stück haben wir. Und hast du dir den Trimo schon angesehen? Lauter joldene Ranken und das Glas aus einem Stück. Aujustens Mann sagt, der kost't mindestens 200 Mark.

ROBERT. Wo habt Ihr diese Herrlichkeiten her?

FRAU HEINECKE. Vom Herrn Kommerzienrat.

ROBERT. Der macht Euch solche Geschenke?

HEINECKE. Na eigentlich –

FRAU HEINECKE *(leise)*. Pscht! Weißt du nich, daß Herr Curt nicht genannt sein will? *(Laut.)* Ja, vorigen Weihnachten gab's den Trimo und diesen Weihnachten gab's die Fotölchs. Vater, bohr nicht so im Napfkuchen rum.

ROBERT. Aufrichtig! Diese Art der Freigebigkeit will mir nicht behagen.

FRAU HEINECKE *(gießt Kaffee ein)*. Für manchen passen so feine Sachen auch nicht. Aber wenn so noble Besuche einen beehren und man einen so vornehmen Herrn zum Sohne hat und eine Tochter, die so furchtbar talentvoll ist – –

ROBERT. Alma?

HEINECKE. Jawoll! Wir haben für unsere Tochter getan, was in unsern Kräften stand.

FRAU HEINECKE. Und du hast ja auch immer fleißig geschickt –

ROBERT. Damit sie eine gute Schule besuchen konnte und dann Putzmachen und Buchführung lernen, so war es ja bestimmt. –

FRAU HEINECKE. Gewiß. Früher!

ROBERT. Und jetzt? Hat sie ihre Stelle nicht mehr?

FRAU HEINECKE. Schon seit sechs Monaten nich.

ROBERT. Was treibt sie jetzt?

HEINECKE *(stolz)*. Sie bildet sich für den Jesang aus.

ROBERT. Ich habe nie erfahren, daß Alma musikalisch ist.

HEINECKE. Ungeheuer!

(Man trinkt Kaffee.)

FRAU HEINECKE. Sie hat sich prüfen lassen bei eine italienische Sängerin – Sinjohre oder so – die sagt, so was wär noch jar nicht dagewesen und sie würde sich's zur Ehre rechnen, Alma'n umsonst auszubilden.

ROBERT. Aber sagt, wie habt Ihr mir das alles verschweigen können?

FRAU HEINECKE. Jott, bis nach den heißen Indien is es so weit, da vergißt sich dies und jenes. Und dann haben wir dich überraschen wollen.

ROBERT *(steht auf und geht erregt auf und nieder).* Auguste beschützt sie doch nach Kräften?

FRAU HEINECKE. Natürlich. Sie läßt keen Ooge von ihr ab. Alma ißt bei ihr und übt bei ihr und wenn es abends zu spät wird für die Pferdebahn, schläft sie ooch bei ihr – wie eben diese Nacht.

ROBERT. Und wenn sie abends fortbleibt, so beunruhigt Euch das nicht?

HEINECKE. He, he! Großes Mächen!

FRAU HEINECKE. Da wir sie bei Aujusten so gut ufgehoben wissen! Sie könnten übrigens schon da sein, denn der Milchwagen hat in der Früh' den Brief an sie mitgenommen. Das wird ein Jubel sein!

ROBERT. Und Auguste lebt glücklich?

FRAU HEINECKE. Wie man's nehmen will. Er sauft ein bißken und arbeeten möcht' er wohl ooch nich, aber –

HEINECKE. Aber mucken und Schkandal machen – des kann er.

FRAU HEINECKE. Im Janzen scheint es ihnen doch recht jut zu jehn. Aujuste hat zwei Zimmer hochherrschaftlich ausmöbliert und an einen feinen Herrn aus Potsdam vermietet, der manchmal dort absteigt, aber bezahlt fürs volle Monat. Das bringt manchen schönen Groschen. Für den Morgenkaffee allein gibt er 'ne Mark. *(Zum Fenster gehend.)* Dort kommt sie an, und den Mann hat sie ooch mitgebracht.

ROBERT. Wie? Alma ist nicht mit ihr?

Sechste Szene

Auguste, Michalski (treten ein).

AUGUSTE. Na, da bist du ja! *(Sie küssen sich.)* Dir is es wohl immer sehr jut jejangen? – Aber wat frag ick? – Wer so nobel in Kleidern daherjeht! – Freilich is auch nich allens Jold, wat jlänzt. – Dies ist mein Mann.

ROBERT. Lieber Schwager, geben Sie mir die Hand auf herzliche Verbrüderung.

MICHALSKI. Viel Ehre. Passiert nicht häufig, daß eine schwielige Faust zu so viel Ehre kommt.

ROBERT. Schwager, das klang *nicht* brüderlich. *(Zu Auguste.)* Wo ist Alma?

AUGUSTE. Unsere Prinzessin kamen sich nicht schön genug vor für den fremden Bruder. – Mußten sich erscht die Stirnlocken brennen lassen.

ROBERT *(steht betroffen).*

AUGUSTE. Wird wohl mit die nächste Pferdebahne nachkommen. Wo habt Ihr den Nappkuchen her?

(Frau Heinecke reicht herum, Auguste und Michalski essen.)

FRAU HEINECKE. Iß auch noch ein Stückschen, Robertchen.

(Robert lehnt ab; alle anderen essen. Pause.)

HEINECKE. Wat sagst de dazu, Michalski? »Willkommen, teurer Sohn im« –

MICHALSKI *(essend).* Faxerei!

ROBERT *(verwundert).* Schwager!

HEINECKE. Wie? Wat ick mit diesen braven Herzen und mit diesen lahmen Arm –

ROBERT *(beruhigt ihn).*

MICHALSKI. Ick bin ein schlichter Mann und sag meine Meinung frei raus. Ick liebe die Kinkerlitzchen und das Getue nich. Denn wer so schwer arbeeten muß wie unsereins, wem der Hunger und die Peitsche ejal im Nacken sitzen –

HEINECKE. Besonders, wenn man um elf Uhr vormittags spazieren jeht und Nappkuchen dazu ißt.

AUGUSTE. Seid Ihr beede schon wieder aneinander? *(Zu Michalski.)* Könntest endlich Ruhe halten. Siehst doch, daß er in die Kinderjahre kommt.

HEINECKE. Ick in die – sehr jut. – Da siehst du nun: so werd ich behandelt von meine eigene Kinder.

ROBERT *(leise zu Auguste).* Verzeih, Schwester. – Ich hab es nie für möglich gehalten, daß sich dergleichen sagen läßt.

AUGUSTE. Wat denn?

(Es klopft, ein Diener in Livree mit einem Blumenstrauß.)

Siebente Szene

Die Vorigen. Wilhelm.

ALLE *(außer Robert).* Der Wilhelm! Guten Tag, Wilhelm! *(Die beiden Männer schütteln ihm die Hand.)*

FRAU HEINECKE. Vor wem ist der scheene Strauß? Der jeht sicherlich in die Stadt.

WILHELM. Nein, der kommt zu Ihnen. – – – Sind *Sie* der junge Heinecke? *(Robert bejaht. Kordial.)* Das freut mich ungemein, daß wir uns kennenlernen. *(Will ihm die Hand drücken.)*

ROBERT *(lächelnd).* Sehr liebenswürdig.

WILHELM. Die gnädigen Herrschaften lassen Ihnen ein freundliches Willkommen sagen und schicken Ihnen diese Blumen. Es ist das Rarste, was das Treibhaus hat. Aber im Vertrauen – die Blumen gab mir eigentlich das gnädige Fräulein und das gnädige Fräulein hat sich überhaupt sehr scharf nach Ihnen –

ROBERT *(seine Bewegung verbergend).* Sind Sie beauftragt, mir dieses zu eröffnen?

WILHELM. Ne, das nicht.

ROBERT. So behalten Sie's für sich. *(Diener wendet sich zur Tür.)*

FRAU HEINECKE. Möchten Sie nich ein Stücksken Nappkuchen mit uns essen, Wilhelm? Es ist noch welcher da.

ROBERT. Verzeih, Mutter! *(Gibt ihm ein Geldstück.)* Der Mann hat seine Belohnung. – Bestellen Sie dem Herrn Kommerzienrat, daß ich um zwei Uhr zusammen mit dem Grafen von Trast-Saarberg um die Ehre des Empfangs bitten werde. – Sie können gehn. *(Wilhelm ab.)*

FRAU HEINECKE. Ein Jraf? – Was für ein Jraf? –

ROBERT. Ein Freund von mir, Mutter, dem ich vielen Dank schuldig bin.

AUGUSTE *(leise zu Michalski).* Hörst du, er will einen Jrafen zum Freunde haben.

MICHALSKI *(leise).* Er denkt wohl, uns damit zu imponieren?

FRAU HEINECKE. Wart, ich werd den Strauß in Wasser stellen! – Den Wilhelm hättst du aber nich so schlecht behandeln sollen, Robertchen. – Des is ein Freund von uns.

AUGUSTE. Wir jemeinen Leute können keene Jrafens zu Freunde haben.–

MICHALSKI. Wir müssen uns an die Levkaien halten.

FRAU HEINECKE. Ja, mit dem Wilhelm mußt du dich auch gut stellen. Uns zu Gefallen, Robertchen. – Denn wir haben viel Jutes von ihm. Wie manches Stücksken Braten, wie manche Flasche Wein hat er uns schon zugesteckt. –

ROBERT. Und das nahmst du an, Mutter?

FRAU HEINECKE. Warum nich? – Wir sind arme Leute, mein Kind. – Wir müssen froh sein, wenn wir was kriegen.

ROBERT. Mutter! Ich will meine Kräfte verdoppeln. Ich will Euch überlassen, was ich mir vom Munde nur absparen kann. Aber nicht wahr, das versprichst du mir – von jenem Bedienten nimmst du nichts mehr an? –

FRAU HEINECKE. Das wäre ja Hochmut und Verschwendung! Eine jute Jabe soll kein Mensch nich zurückweisen. Und mit dir hat er es auch nur jut gemeint, als er dir die Geschichte von's jnädige Fräulein erzählte. Mit die hat es überhaupt 'ne eigentümliche Bewandtnis. Wenn ick ihr uf den Hof begegnet bin, ist kein Mal vergangen, daß sie mich nicht ausgefragt hat, ob Nachrichten von dir da wären, wie dir die heiße Witterung bekäme und so. Und dabei hat sie immer so freundliche Augen gemacht. – Wenn du klug wärst, Robertchen – –

ROBERT. Um Gotteswillen, Mutter, hör auf!

HEINECKE. Das könnt' uns schmecken – zwei Milliönchens.

MICHALSKI. Ob du mir dann was pumpen wirst, Schwager?

ROBERT *(für sich).* Wie lange will man mich noch quälen?

Achte Szene

Die Vorigen. Alma.

ALMA *(in gelbem Jaquet, mit kokettem Hütchen, sorgfältig frisiert, mit schwedischen Handschuhen, vielen Armbändern und extravagantem Regenschirm. Durch die halbgeöffnete Tür).* Wünsch einen schönen guten Morgen allerseits.

ROBERT *(stürzt ihr entgegen und umarmt sie).* Alma! Gott sei gelobt!

MICHALSKI *(zu Auguste).* Die beiden Feinen aus de Familie.

ROBERT *(Alma liebkosend).* Hör mal, Schwesterchen, wenn man so häßlich wäre, wie man hübsch ist, brauchte man noch lange keine Angst zu haben, daß man dem großen Bruder nicht gefallen würde.

ALMA. Auguste – pfui!

ROBERT. Na, na, es war nicht bös gemeint! Sei auf der Stelle wieder gut!

ALMA *(geziert).* Mein Herzensbrüderlein!

AUGUSTE *(leise).* Jott, wie riehrend!

FRAU HEINECKE *(hilft Alma beim Ausziehen des Mantels).*

HEINECKE. Wat sagst de nu? – *(Streichelt ihr die Backe.)* Bist du mein Schätzeken oder nich?

ALMA *(trällert).* Oui, cher papa, c'est Girofla!

HEINECKE. Hörst de, wie se singt? Lauter italienisch.

ROBERT. Ja, sag mal, was hör ich für Neuigkeiten? Du willst also partout eine große Sängerin werden?

ALMA. Wenn sich's so macht, ich habe nichts dagegen.

FRAU HEINECKE. Möchtest du nicht ein Stückschen Napfkuchen essen, Almachen?

ALMA. Merci beaucoup! *(Geht essend in der Nähe des Spiegels hin und her.)*

ROBERT. Und Du studierst fleißig?

ALMA *(bejaht mit vollem Munde).* Alle Nachmittag hab ich Stunde ... Do, re, mi, fa sol, la si – si, la, sol fa – Ach ja, diese Tonleiter! Gräßlich langweilig! ... Und das ewige Üben! ... Ich bin schon total nervös geworden.

FRAU HEINECKE. Das arme Kind!

ALMA. O yes, Ma! Ich hab nämlich auch englisch gelernt! Ich bin nämlich furchtbar gebildet! ... Was *ich* alles weiß!

HEINECKE. Ja woll! Siehste!

ALMA. Und überhaupt! ... Man lebt nur einmal ... Lustig sein ist die Hauptsache ... Bist du auch lustig, Brüderchen?

ROBERT. Gewiß. Wenn ich Grund dazu habe.

ALMA. Kunststück! Ohne Jrund muß man lustig sein. Wozu ist man jung? Ach, und das Leben ist ja so schön! ... Jeden Tag gibts was Neues! – Und Berlin ist so schön! ... Weißt du – so die Linden! Und das elektrische Licht! Hast du das schon geseh'n? – Das lieb ich über alles! ... Man ist so schön bleich, so interessant! ... Und die Restaurants haben auch schon alle elektrisches Licht! Fabelhaft! ... Da hab ich einen Kronleuchter gesehen, weißt du, in dem neuen Café auf dem Dönhoffsplatz – der war eine große Blumenguirlande, und in jeder Blume saß eine Flamme drin.

ROBERT. *Warst* du denn in dem Café?

ALMA. Ich? Ach wo! – Alles durch's Fenster! So was gibt's dort nicht – in dem Indien? Nicht wahr? –

ROBERT. Nein, das freilich nicht.

ALMA. Wir sind überhaupt sehr weit in der Kultur. – Einer

hat mir erzählt, daß es hier schon fast so schön ist, wie in Paris. Ist das wahr?

ROBERT. Ich kenne Paris nicht, liebes Kind.

ALMA. Pfui! Das ist schade. – Ein junger Mann muß doch Paris kennen.

ROBERT *(zwischen Befremden und Entzücken kämpfend).* Du kleiner Dummkopf!

ALMA. Hahaha! ... Ich bin drollig, nicht wahr? ... Hahaha! – Ja, so ist man! Hahaha! ... *(Geht lachend und sich wiegend zu Augusten hinüber und hält ihr ein Taschentuch unter die Nase, das sie dreieckig gefaltet im Gürtel getragen hat.)* Riech mal!

AUGUSTE *(leise).* Au! Fein! Was ist denn das?

ALMA *(leise).* Ixora, das Allerneueste aus Paris, ... hab ich heut gekriegt.

AUGUSTE *(leise).* Kommst du heute raus?

ALMA *(leise).* Weiß nicht. – Er wird mir's sagen lassen. – Aber morgen abend gehn wir auf den Maskenball – hahaha!

ROBERT. Aber nun wollen wir wieder vernünftig sein, Kleine. Komm her ... Setz dich ... Mir gegenüber ... Hier – hier –

ALMA. Jott, wie du bist! – Das wird ja das reine Kriminalgericht. –

ROBERT. Wenigstens mit Fragen werd ich dich überschütten. –

(Die Alten gruppieren sich hinter Alma's Sessel. Michalski sitzt auf dem Arbeitstisch. Auguste neben ihm auf dem Schemel.)

ALMA. Also los. – S'il vous plaît, Monsieur –

MICHALSKI *(leise zu Auguste).* Das kann nett werden.

ROBERT. Wie kam's, daß du dein Talent entdecktest?

ALMA. Das kommt wie die Liebe – man weiß selbst nicht wie?

ROBERT *(unangenehm berührt).* Hm ... Aber einer muß dir doch zuerst gesagt haben – *(Alma zuckt die Achseln.)*

FRAU HEINECKE. Besinn dich, Kind. – Herr Curt war's – der –

ROBERT. Der junge Chef?

HEINECKE. Natürlich!

ROBERT. Woher wußte er –?

FRAU HEINECKE. Er hat sie singen gehört – durch's Fenster vom Hof aus. Und's nächste Mal meinte er, es wär 'ne Schand und ein Spektakel, daß so'ne Stimme –

ROBERT. Aber warum läßt du die Mutter reden, Alma?

AUGUSTE *(zu Michalski).* Se is so schichtern!

ALMA. Daß so'ne Stimme hier im Hinterhaus verkümmern soll – und daß überhaupt ich hier im Hinterhaus verkümmern soll – denn Sie sind viel zu schade dazu, mein jnädiges Fräulein, sagte er.

FRAU HEINECKE. Das hab ich gehört! Mein jnädiges –

HEINECKE. Ja woll! Meine Tochter. Hö!

ROBERT. Weiter, Alma!

ALMA. Meine Eltern haben für Ihren Bruder gesorgt, sagte er, und ich will für Sie sorgen, sagte er. – Na, und darauf wählte er mir eine Lehrerin aus, die hält einen cercle musical – das heißt auf Deutsch »musikalischer Zirkel« – – da drin sind lauter junge Damen aus den feinsten Familien. – Eine ist sogar mit einem Husaren-Lieutenant verlobt.

ROBERT. Wie heißt diese Lehrerin?

ALMA *(mißtrauisch).* Weshalb willst du das wissen?

ROBERT. Weil es unmöglich ein Geheimnis sein kann.

ALMA. Sie heißt Signora Paulucci.

HEINECKE *(begeistert).* Ganz italienisch.

ROBERT *(das Notizbuch hervorziehend).* Und wohnt?

ALMA *(rasch).* Du brauchst nicht hinzugehen. Es stimmt alles.

ROBERT. Natürlich stimmt alles. Aber ich möchte gern auch aus dem Munde deiner Lehrerin hören, wie's um dich steht. *(Alma sieht sich nach Augusten um.)*

AUGUSTE. Du kannst sie ja morgen zur Stunde begleiten.

ALMA *(rasch).* Ach ja, morgen!

ROBERT. Gut! – *(Erhebt sich und geht erregt auf und nieder.)* Ich will dich nicht kränken, liebes Kind, aber ich muß Euch gestehn, daß ich Eure großen Hoffnungen noch lange nicht teile.

HEINECKE. Nanu? –

ROBERT. Wie manches junge Geschöpf ist nur durch Eitelkeit und Ehrsucht auf diesen Weg gelockt worden. Und der ist gefährlich! – Gefährlicher, als Ihr ahnt. – Ich bin ja fest überzeugt, daß die Motive des jungen Chefs die reinsten und edelsten sind, aber – – Nun, werd ich morgen aus berufenem Munde hören, daß meine Zweifel unnütz sind, so werde ich, ich selbst, weiter für dich sorgen und verspreche dir, keinen Augenblick zu ruhen, bis du in deiner Kunst des Höchste erreicht hast.

ALMA *(nimmt die Vase vom Tisch und vergräbt ihr Gesicht in den Blumen).*

ROBERT. Und wie seltsam, daß wir alles, auch dieses unerhörte Glück, im Grunde dem Hause Mühlingk zu verdanken haben –

MICHALSKI *(lacht höhnisch, Robert horcht auf, sagt aber nichts).*

ALMA. Mama, wer hat mir dieses kostbare Bouquet geschickt?

FRAU HEINECKE. Das ist ein Willkommen für – *(macht Zeichen)* von's jnädige Fräulein.

ALMA. Ach, von der! *(Stellt die Vase zurück.)*

ROBERT. Halt mal! Eine Frage! Ich mache die Erfahrung, daß, sobald ich das Vorderhaus oder einen seiner Insassen erwähne, irgendwer von Euch in ein Lachen ausbricht oder eine abfällige Bemerkung folgen läßt. Allenfalls Herr Mühlingk junior scheint Gnade vor Euren Augen gefunden zu haben. Ohne Umschweife! – Was habt Ihr gegen unsere Wohltäter? Worin haben sie Euch Grund zur Klage gegeben? *(Schweigen.)* Zum Beispiel dir, Schwager, der du soeben höhnisch auflachtest? *(Schweigen.)* Oder dir, Alma, die du mit den Blumen des Fräuleins nichts zu tun haben wolltest? Mutter hat mir vorhin berichtet, daß sie immer gütig zu ihr gewesen ist.

ALMA. Gütig, die? Eine aufgeblasene Person ist sie, die nicht weiß, wie weit sie den Kopf in den Nacken werfen soll, wenn sie mir begegnet. – Nie richtet sie ein Wort an mich, kaum daß sie sich herabläßt, meinen Gruß zu erwidern. O die!

AUGUSTE. Mit mir macht sie's nich anderscht.

ROBERT *(schmerzlich, für sich).* Das sah ihr sonst nicht ähnlich.

FRAU HEINECKE *(zärtlich).* Laß sie nur erst mit meinen Sohn Robert verheiratet –

ROBERT *(erschrocken ihr das Wort abschneidend).* Aber, Mutter! – Verzeih! Soeben fällt mir ein, daß ich jeder der Schwestern etwas mitzubringen habe. Auch Ihnen – dir, Schwager.

AUGUSTE *(aufspringend, gierig).* Was is es? Wo hast es?

ROBERT. In der Schlafkammer, auf dem Tische. Ein Zettel sagt jedem, was ihm gehört.

(Die drei, Auguste voran, eilen zur Kammer.)

HEINECKE. Und für uns gibt's nischt?

ROBERT. Für Euch, liebe Eltern, ist mir von dem fremdländischen Kram nichts gut genug erschienen. Sagt mir, was Ihr Euch wünscht.

FRAU HEINECKE. Wenn ich's doch erlebte, daß einer mir das Kanapee, das zu die Fotölchs paßt, schenken tät – *(Da Robert vor sich hinstarrt.)* Aber du verstehst mir ja jarnich.

ROBERT *(in schmerzlichem Vorwurf).* Nein, Mutter, ich verstehe dich nicht.

HEINECKE *(trotzig).* Und ick wünsch mir – 'nen neuen Kleistertopp, den wirst du wohl noch erschwingen können.

(Die dreie kehren zurück. Auguste mit einem bunten

Shawltuch, Alma mit einem Etui, Michalski mit einer Wasserpfeife, umringen ihn und bedanken sich.)

AUGUSTE. Wie schade, daß die indischen Shawls nich mehr gedragen werden.

MICHALSKI *(an dem Schlauche ziehend).* Natürlich keene Luft!

ROBERT *(zu Alma, die mit einem Schmucke spielt).* Bist du zufrieden, Alma? Sieh mal, die hellblauen Steine sind indische Saphire.

ALMA. Janz nett! Ich liebe zwar die dunkeln Saphire mehr. Sie haben ein schöneres Feuer.

ROBERT. Wie kommst du zu solcher Wissenschaft?

ALMA. Ach – von de Schaufenster her. Unsereins steht gerne davor. –

ROBERT. Und was hast du da Blitzendes in den Ohren?

ALMA. Das? Simili. Nichts weiter. Zwei Mark das Paar.

ROBERT. Mein Herz, das trägt man nicht – und versprichst du, es auf der Stelle abzulegen, so hab ich noch eine Extraüberraschung für dich im Kasten.

ALMA *(löst schmollend die Ohrringe).* Also bitte!

ROBERT. Es ist das Kleid einer Hindu-Prinzessin, das auf einem Kriegszuge von meinen Freunden erbeutet worden ist. Denk dir! Rosa und golddurchwirkt!

ALMA *(jubelnd).* O Gott, wie himmlisch!

MICHALSKI *(lachend).* Darauf habt Ihr sie wohl splitternackig an einen Boom gehängt? *(Robert sieht ihn groß an.)*

ALMA *(ihn liebkosend).* Du bist ein herziger, kleiner Schatz. *(Ein Kutscher in Livree pocht ans Fenster.)*

FRAU HEINECKE. Jeh sehn, Vater, was der Johann will!

ALMA *(zu Auguste).* So lange Gesichter werden sie machen vor Neid, wenn ich morgen auf dem Maskenballe –

AUGUSTE. Pst!

HEINECKE *(vom Fenster her).* Johann läßt dir sagen, Alma, daß Herr Curt um drei Uhr nach de Stadt will und ob du mitfahren willst?

(Auguste und Alma wechseln einen Blick.)

ROBERT. Was bedeutet das?

AUGUSTE. Janz einfach. Herr Curt hat seine Equipage, und da er ein gefälliger junger Mann ist, so hat er Alma'n ein für alle Male ufgefordert mitzufahren.

ROBERT. Wie? Das duldet Ihr? Und du, Schwester, hast eingewilligt?

ALMA. Ein armes Mädchen möchte auch einmal in einer Equipage fahren. –

FRAU HEINECKE. Und man erspart das Pferdebahngeld.

ROBERT. Um Gotteswillen! Was sagen die Damen des Vorderhauses dazu?

ALMA. Oh, die wissen nichts. Wenn ich mitkomme, hält der Wagen am hintern Torweg, wo nur die Arbeiter aus- und eingehen.

ROBERT. Um so schlimmer! Was für abscheuliche Deutungen muß diese Heimlichkeit – – Hast du denn das nicht gefühlt? – Alma, komm mal her! ... Sieh mir ins Auge.

ALMA *(ihn groß ansehend).* Nun?

ROBERT *(nimmt ihren Kopf in beide Hände).* Nein, diese Augen betrügen nicht! – Du bist rein, du bist – *(küßt sie auf Stirn und Wangen.)*

HEINECKE. Entschließt Euch. – Johann wartet.

ROBERT. Sage dem Johann, Vater, daß ich mich vorher mit seinem Herrn besprechen werde.

ALMA. Weshalb? Es *ist* ja alles besprochen.

ROBERT. Du wirst die Equipage des jungen Herrn Mühlingk nicht mehr benutzen. Für Mädchen deines – unseres Standes ist die Trambahn da.

ALMA *(bricht in ein trotziges Weinen aus).*

FRAU HEINECKE. Das arme Kind!

AUGUSTE. Du scheinst hier alles von oberscht zu unterscht kehren zu wollen –

(Auf dem Hofe erhebt sich Kindergeschrei.)

HEINECKE *(vom Fenster her).* Kommt her – schnell! – Ein Mohr! – Mit einem Turban.

ALLE *(außer Robert, der ihnen kopfschüttelnd nachschaut,*

laufen zum Fenster). Ein Mohr! – Nein, das ist kein Mohr!

ALMA *(noch kindisch weinend).* Robert ... ist das – ein Mohr?

ROBERT *(finster).* Nein, mein Kind, das ist der indische Diener meines Freundes.

FRAU HEINECKE. Dein Freund – ist das der Jraf?

ROBERT. Ganz recht.

(Der Diener tritt ein. Man umringt ihn).

ROBERT. Ragharita, dein Herr ist in dem Hause meines Vaters willkommen.

(Diener ab. – Große Erregung. – Frau Heinecke rückt an den Sesseln und wischt den Spiegel.)

ALMA *(vom Spiegel her).* Ist dein Graf jung oder alt? *(Robert antwortet nicht.)* Meine Augen sind rot – feuerrot, nicht wahr, Auguste? Und am Ende ist er jung! *(Ab nach links.)*

MICHALSKI. Komm, Auguste, wir wollen die hohen Herren nicht stören. *(Beide ab.)*

HEINECKE. Herr Jraf, werd ick zu ihm sagen, nehmen Sie Platz auf diesen Fotölch, werd ick sagen. – Oh, wir verstehen das.

FRAU HEINECKE. Ein Baron is schon einmal hier gewesen, einer von Herrn Curt seine Herren Freunde. Weißt de noch, Vater? Hat sich nach Alma'n ihr Befinden erkundigt. – Aber ein Jraf noch nie.

ROBERT. *Wer* ist hier gewesen, Mutter?

Neunte Szene

Die Vorigen. Graf Trast. (Mann mit ergrauendem Kopf und langem blonden Barte, zwischen 40 und 50, mit lässig-fremdländischer Eleganz gekleidet.)

ROBERT *(eilt ihm entgegen und drückt ihm die Hände).*

TRAST *(leise).* Was ist dir? – Hat das Heimatsfieber noch nicht nachgelassen? *(Laut.)* Also das sind die Langersehnten! *(Schüttelt ihnen die Hände.)* Wissen Sie, meine Verehrten, daß hier auch so eine Art von Sohn vor Ihnen steht? Die Freundschaft meines lieben alten Kameraden gibt mir beinah ein Recht auf diesen Namen.

HEINECKE *(drückt sich unter Kratzfüßen zur Tür hinaus).*

FRAU HEINECKE. Möchten der Herr Graf nicht ein Stückschen Napfkuchen essen? – Es ist noch welcher da.

TRAST. Danke, ich esse – ich esse.

FRAU HEINECKE *(knixend ab).*

Zehnte Szene

Trast. Robert.

TRAST. Du bist blaß, mein Junge, und deine Hände zittern. Was ist dir geschehn?

ROBERT. Ach nichts. Das Glück – weißt du – die Erregung. Das ist doch natürlich!

TRAST. Ganz natürlich. – *(Beiseite.)* Er lügt! *(Laut.)* Sag mal, wie lange gedenkst du hier zu bleiben? Ich will meinen Aufenthalt in dem braven Europa darnach regeln.

ROBERT. Unmöglich, lieber Freund! Unsere Wege trennen sich nun.

TRAST. Ah Wetter!

ROBERT. Ich werde meinen Chef bitten, mich von nun an im Lande zu beschäftigen. Das indische Klima – du verstehst.

TRAST. Da haben wir die Bescherung! Es hängt sich wohl sehr lieblich an Mutters Schürzenband?

ROBERT. Spotte nicht und frage auch nicht. Und da wir bald auseinandergehn – es muß ja einmal gesagt werden – hab Dank, du lieber, böser Mensch, für alle deine Wohltaten. Das war der gesegnetste Augenblick meines Lebens, als du mich im Club auf Buitenzorg fiebernd hinter meinem jungen Chef stehn sahst, der eine Hundert-Gulden-Note nach der andern auf den grünen Tisch warf.

TRAST. Warum war ich so dumm, einen Narren an dir

zu fressen, wenn du mich jetzt – pfui, das ist nicht fein.

ROBERT. Trast, tu mir nicht weh! Siehst du, dir verdank ich alles. – Als ich damals deinen Namen hörte, den Namen Trast und Compagnie, der allmächtig ist von Yokohama bis nach Aden, da war mir zumute, als stünd' ich vor dem Kaiser selber.

TRAST. Ein Kaiser von Kaffeesacks Gnaden.

ROBERT. Das Mühlingksche Unternehmen in Batavia war eben drauf und dran, elendig zugrunde zu gehn. –

TRAST. Wunder auch, da es den größten Taugenichts im Archipel zum Leiter hatte.

ROBERT. Vor mir standen Rückberufung und Entlassung. Da nahmst du den armen, landfremden Commis unter deine Fittiche, dein Name eröffnete mir Verbindungen in Fülle, an deinem Rat erwuchs ich zum Manne – während Herr Benno Mühlingk sein lustiges Leben weiterführte, glitt die Leitung der Geschäfte allgemach in meine Hände über –

TRAST. Und das Ende vom Liede ist, daß das Haus Mühlingk samt seinem sauberen Vertreter durch uns um einige Hunderttausende reicher wurde. Schade! Hätt's dir selber gegönnt! Nun, ich werde deinem Ober-Chef die Augen über dich öffnen. Wenn er dich nicht mindestens zum Compagnon annimmt, so werde ich in meinem Zorne eine solche Kaffee-Hausse heraufbeschwören, daß die wackere Frucht der deutschen Eiche zu ungeahnten Ehren kommen soll. Aber ernsthaft gesprochen, warum kaprizierst du dich, im Dienste dieser Leute zu bleiben? Komm mit mir, mein Junge. Ich biete dir ein fürstliches Gehalt und jeden Weihnachten eine neue Hose.

ROBERT *(lehnt kopfschüttelnd ab).*

TRAST. Die Dankbarkeit allein kann solchen Wahnwitz nicht zustande bringen. Oder sollte am Ende zum Inventar der Firma irgendeine deutsche Jungfrau gehören, die – *(beiseite.)* Aha! *(Laut.)* Da wir gerade von Jungfrauen reden! –

Denke, was mir gestern abend passiert ist! Als wir uns getrennt hatten, schlenderte ich ziellos durch die Straßen. Ein Plakat von angenehmer Augenfälligkeit lud mich zum Maskenballe ein. Hundert Bajaderen werden ihre sinnberauschenden indischen Tänze aufführen, hieß es daselbst. Na, darin bin ich ja Fachmann. Also ich ging hin – Ach! – Alles das schien eigens dazu da, um angehende Mönche zur Ablegung ihrer Gelübde zu begeistern. Aber da kommt mir im Schwarm ein blutjunges Wesen entgegen, zart und flaumig wie ein halbreifer Pfirsich. Sie scheint gerade herrenlos. Ich attackiere sie. Sie, nicht blöde, bettelt mich mit süßer Kindesstimme um ein Spielzeug an, das an meiner Kette hing. Ein kleines, goldenes Götzenbild, darstellend meinen Schutzpatron Ganesa, den Gott des Erfolges, der, wie du weißt, auf einer Ratte reitet. Eine Ratte hatte die andere gewittert. Und als ich schwatzend neben ihr herging, du, was fand ich da? Unter dem Flaume kindlicher Unschuld was für eine naive Verdorbenheit! –

ROBERT *(angstvoll)*. Also dergleichen ist möglich?

TRAST. Du hörst es ja. Nun pflegt mein Herz stets in *dem* Takte zu schlagen, welchen die Sitte des Landes verlangt, dessen Gastfreundschaft ich genieße. Denn ich mache mich gern zum Sklaven des Milieus. Im Orient halte ich mir einen Harem, in Italien steige ich bei Mondschein über Gartenmauern, in Frankreich bezahle ich die Schneiderrechnung und – Gott! – in Deutschland weise ich den Rückweg zur Tugend. – Ganz folgerichtig. Im Orient liebt man mit den Sinnen, in Italien mit der Phantasie, in Frankreich mit dem Geldbeutel, in Deutschland aber mit dem Gewissen. Also ich beschloß, dies kindliche Laster zur büßenden Magdalena umzuwandeln. Noch hatte ich mit den Anfangsgründen nicht begonnen, denn der Champagner sollte eben erst aufgekorkt werden, da kommt ein Herr – zur Hälfte Dämon, zur Hälfte Hampelmann – auf mich zugestürzt und reklamiert sie für sich.

– Ich ehrte die älteren Rechte und ging um eine gute Tat ärmer zu Bette. Aber ich gäbe viel darum, wenn mir der Zufall das süße Ding –

ROBERT *(schlägt ächzend die Hände vors Gesicht).*

TRAST. Alle Wetter – was gibt's? – Pst –

Elfte Szene

Die Vorigen. Frau Heinecke.

FRAU HEINECKE. Robertchen!

ROBERT. Mutter?

FRAU HEINECKE. Hast du vielleicht 'nen Proppenzieher bei dir? *(Zu Trast.)* Meine Tochter Alma wird sich erlauben, mit 'nen Fläschchen Wein aufzuwarten. Es is kein ordinärer Wein, sondern das Feinste, was man hat.

ROBERT. Kommt wohl aus dem Vorderhause?

FRAU HEINECKE *(stolz).* Ja wohl!

ROBERT. Da! *(Wirft sein Taschenmesser auf den Tisch.)*

FRAU HEINECKE. Wie du aber auch bist!

ROBERT. Ja ja. Du hast recht. Verzeih! *(Frau Heinecke ab.)*

Zwölfte Szene

Trast. Robert.

TRAST. Nun beichte, mein Junge! Vertrau dich mir an!

ROBERT. Ah – hätt' ich die Heimat niemals wiedergesehen!

TRAST. Holla! Bläst der Wind aus *dem* Loche?

ROBERT. Ich schäme mich des Standes, in dem ich geboren bin. – Die Meinigen gelten mir nichts mehr. – Mein ganzes Wesen zieht sich zusammen in der Berührung mit ihnen ... Ich traue meinem Gehirne nicht, denn ein verrückter Argwohn nach dem andern schießt mir durch den Kopf. – Trast, ich glaube beinah, ich achte den Schoß nicht mehr, der mich getragen hat.

TRAST. Das ist kompletter Unsinn.

ROBERT. Wenn ich dir schildern wollte, was ich gelitten habe. Jedes ernsthafte Wort erschien mir wie ein Faustschlag, und jeder Scherz wie eine Ohrfeige. Es schien, als wüßte man nichts zu reden, als was mich verwundete ... Ich glaubte, zur Heimat zurückzukehren und stehe einer fremden Welt gegenüber, in der ich kaum zu atmen wage. – Rate, was soll ich tun?

TRAST. Deine Koffer packen.

ROBERT. Das wäre feige und herzlose Flucht. Hat das *die* um mich verdient, die mich gebar?

TRAST. Weißt du – lassen wir das hohe Pathos. Die Sache liegt so einfach wie möglich – für uns, die wir das Kastenwesen an der Quelle studiert haben. – Dieselben Kasten gibt's auch hier, nicht durch Speisegesetze, durch Eheverbote und Regeln religiöser Etikette von einander geschieden. Das wären nur Kleinigkeiten. Was sie unüberbrückbar trennt, das sind die Klüfte des Empfindens. – Jede Kaste hat ihre eigene Ehre, ihr eigenes Feingefühl, ihre eigenen Ideale, ja selbst ihre eigene Sprache. – Unglücklich deshalb derjenige, der aus seiner Kaste herausgefallen ist und nicht den Mut besitzt, sich mit seinem Gewissen von ihr zu lösen. Ein derart Deklassierter bist du, und du weißt, ich war es auch. – Ja, was du heute fühlst, habe ich vor Jahren am eigenen Leibe durchgemacht. Oder wie glaubst du, daß mir, dem flotten, blutjungen Kavallerie-Offizier zumute war, als ich eines Morgens beim Erwachen mich besann, daß ich in der Nacht das Sümmchen von 90 000 Talern verspielt hatte, das binnen 24 Stunden bezahlt sein wollte? Was half's, daß ich nach Hause reiste, um mich meinem Vater zu Füßen zu werfen? Er hätte seine Haut verpfändet, um die Ehre meines, seines Namens zu retten, aber diese Haut *war* schon verpfändet. Und da er mir weiter nichts zu geben hatte, gab er mir wenigstens seinen Fluch.

ROBERT *(vor sich hin brütend).* Daß du den Mut hattest, weiterzuleben.

TRAST. Haha! Weißt du denn nicht, wie das geschah?

ROBERT *(zerstreut und von Unruhe gequält).* Ich weiß nichts mehr – nichts – nichts –

TRAST. So merk es dir. Es kann dir vielleicht nützen. Als meine Kameraden sich von mir verabschiedeten, erwiesen sie mir den letzten Liebesdienst, eine Pistole mit gespanntem Hahn schweigend neben mich auf den Tisch zu legen. Ich besah mir das Dings von allen Seiten. Daß ich als Ehrloser nicht eine Stunde länger leben könnte, war mir selbstverständlich. Da, als ich die Mündung gegen meine Schläfe drückte, kam mir plötzlich der Gedanke: Das ist brutal, das ist dumm. Was bist du weniger, als du vor drei Tagen warst? Vielleicht hast du die Rute verdient, da du als dummer Junge Summen versprachst, die du nicht besaßest, den Tod aber nicht. Es haben sich Jahrtausende lang Menschen der Sonne gefreut, ohne sie von dem Phantom der Ehre verdunkeln zu lassen, noch heute leben 999 Tausendstel der Menschheit auf dieselbe Art. Lebe wie sie, arbeite wie sie und freu dich der Sonne wie sie. – Als ich zwölf Jahre später – meine Schuld war selbstverständlich längst getilgt – nach Europa zurückkehrte, kam eine Art Versöhnung zwischen mir und meinem Vater zustande. Äußerlich nur. Hätte er mich als verlorenen Sohn auf seiner Schwelle liegend gefunden, er hätte mich mit seinen zitternden Händen aus dem Kot erhoben und an seine Brust gedrückt. Daß ich trotzig und frei den Kopf erhob, ja daß ich imstande war, ihm mit einer halben Million unter die Arme zu greifen, das verzieh er mir nie. Wenige Wochen später reiste ich ab. Der reiche Kaffeekrämer und der arme Standesherr hatten sich nichts mehr zu sagen. –

ROBERT. Und nun ist er tot.

TRAST. Friede werd ihm in dem Himmel, an den er glaubte! Doch nun die Nutzanwendung: Laß den Deinen ihre Weltauffassung, du wirst sie nicht mehr ändern. Gib, wo es not tut, gib im Überfluß und im übrigen – komm mit.

ROBERT. Ich kann nicht. Höre weshalb. Ich hab es dir vorhin verschwiegen, denn ich – schämte mich. – Ich habe eine Lieblingsschwester. Sie war ein Kind als ich fortging. Oh, wie hab ich mich auf das Wiedersehn gefreut! – Und ich bin nicht enttäuscht, denn sie ist schöner und lieblicher aufgeblüht, als ich je hoffte. Aber meine Liebe zu ihr hat sich in Angst und Qual verwandelt. – Ich zittere vor tausend Gefahren, die ich nicht zu nennen wage. Denn was sie tut und mit sich tun läßt, – in aller Unschuld natürlich – widerspricht meinem Ehrgefühl auf Schritt und Tritt. Vorhin, als du von jenem unreifen Laster erzähltest, ein Schauder lief mir da kalt über den Leib, – denn – nein und tausendmal nein. Hier ist mein Platz, hier steh und fall ich!

TRAST. Ich gebe zu, du hast Gründe, welche sich hören lassen. Aber du bist in überreizter Stimmung. Ich wette, du siehst zu schwarz.

ROBERT. Wollt es Gott! *(Stützt den Kopf in beide Hände.)*

TRAST. Freilich, Humor müßtest du haben, dann ließe sich manches ertragen.

Dreizehnte Szene

Die Vorigen. Alma.

ALMA *(mit einem Teebrett, worauf Weinflasche und zwei Gläser, von links. Der Graf fährt zusammen, sie stößt einen Schrei aus. Das Teebrett droht ihr zu entfallen).*

TRAST *(rasch gefaßt, eilt ihr zu Hülfe).* Fast gäb' es Scherben, mein Fräulein. *(Für sich.)* Es *gibt* Scherben.

ROBERT *(die Schwester umfassend).* Sieh, lieber Trast, das ist sie. – Nicht wahr, sie ist ein Engel? So, jetzt geh zu ihm, gib ihm eine Patschhand und sag: Willkommen.

ALMA *(leise).* Nicht ausplaudern – Sie.

TRAST *(beiseite).* Unglücklicher. Wie schaff ich ihn fort?

Der Vorhang fällt.

Zweiter Akt

Salon im Hause des Kommerzienrats. – Reiche, doch etwas steife Ausstattung. Im Hintergrunde breite Türenöffnung zum Speisezimmer mit Portièren davor. – Links neben dem Kamin ein Sofa mit ovalem Tisch und Sesseln, rechts Chaiselongue mit kleinem runden Tischchen und Schaukelstuhl. – Im Speisezimmer eine reichbesetzte Tafel in der Unordnung einer beendeten Mahlzeit.

Erste Szene

Herr und Frau Mühlingk. Curt links. Lenore im Schaukelstuhle rechts mit einem Buche. Man trinkt Kaffee, den ein Diener serviert. Ein anderer ist im Speisezimmer mit Aufräumen der Tafel beschäftigt.

CURT. Wie gesagt, der Rappe ist famos!

MÜHLINGK. Aber teuer!

CURT. Teuer – ja lieber Gott!

FRAU MÜHLINGK. Ich werde die fehlende Summe zulegen, damit diese Sache endlich zu Ende kommt.

CURT *(küßt ihr die Hand).* Mein Compliment, Mama! ... Ich werde mich also hoch zu Roß meinen lieben Berlinern zeigen. – Du darfst mich auch bewundern, Lori!

LENORE. Ja, lieber Curt! *(Liest weiter.)*

CURT. Lothar Brandt und Hugo Stengel wollten herauskommen, sich das Vieh anzusehen. Vielleicht interessiert dich das, Lori?

LENORE. Die kommen wohl bald einmal. Zu tun haben sie ja nichts. *(Mit einem Blick nach der Uhr, für sich.)* Mein Gott, wie die Zeit schleicht!
(Diener ab.)

FRAU MÜHLINGK. Du solltest nicht so hart über diese Herren reden, mein Kind, da Lothar sich um deine Hand bewirbt!

LENORE. So?

FRAU MÜHLINGK. Hast du nichts davon bemerkt?

LENORE. Ich habe nicht aufgepaßt, Mama.

FRAU MÜHLINGK *(halblaut).* Unerträglich, Theodor!

MÜHLINGK. Wir kennen diesen Ton nun schon zur Genüge, mein Kind. Auch der Stolz auf die väterliche Kasse hat seine Grenzen.

LENORE *(sich aufrichtend).* Der Stolz auf die väterliche Kasse?

MÜHLINGK. Wie soll man die Art sonst nennen, die du seit zehn Jahren an dir hast, reiche und angesehene Bewerber heimzuschicken? ... Ich bin ein schlichter, bürgerlicher Mann ... Ich habe mich durch eigene Kraft aus kleinen Anfängen emporgearbeitet.

CURT *(beiseite).* Das heißt – er hat eine gute Partie gemacht. –

MÜHLINGK. Was sagtest du, Curt?

CURT. Ein Ausruf der Bewunderung – weiter nichts, Papa!

MÜHLINGK. Ja, ich hatte es nicht so leicht wie du, mein Sohn. – Nimm dir ein Beispiel! ... Ich liebe es nicht, den Protzen zu spielen und wünsche dies ebensowenig von meinen Kindern. Nur so lebt man geschmackvoll!

CURT *(beiseite).* Und billig!

LENORE. Dein Vorwurf trifft mich nicht, Papa ...

FRAU MÜHLINGK. So laß dich herab, uns einen Grund zu nennen.

LENORE *(vorwurfsvoll).* Mama!

FRAU MÜHLINGK *(nervös).* O bitte!

LENORE *(aufstehend).* Mein Gott, warum laßt Ihr mich mein Dasein nicht gestalten, wie meine Natur es von mir fordert. Ich bin ja bescheiden. – Ich bitte um nichts weiter, als mir selber leben zu dürfen.

MÜHLINGK. Das nennst du bescheiden? ... Wo bliebe da die Heiligkeit der Familienbande?

FRAU MÜHLINGK *(zu Mühlingk).* Siehst du's nun? Ich schließe seit langem kein Auge mehr.

LENORE. Um meinetwegen, Mama?

FRAU MÜHLINGK. Diese Bizarrerien jeden Tag. – Diese Unschicklichkeiten! Was bedeutet das nun wieder, daß du die Gewächshäuser plündern läßt, um einem heimgekehrten Commis Blumensträuße zu schicken.

LENORE. Du meinst Robert?

FRAU MÜHLINGK. Herrn Heinecke, den Jüngeren, meine ich.

LENORE. Aber der ist doch kein Commis. – Er ist so gut wie ein Sohn unseres Hauses.

CURT. Danke!

FRAU MÜHLINGK *(milde)*. Das heißt, wir haben ihn aus dem Kote gezogen.

Zweite Szene

Die Vorigen. Wilhelm.

MÜHLINGK. Hä?

WILHELM. Der junge Herr Heinecke aus dem Hinterhause läßt melden, daß er sich um 2 Uhr die Ehre geben wird. –

LENORE *(macht eine unwillkürliche Bewegung und blickt nach der Uhr)*.

MÜHLINGK. Sieh da – wie ein großer Herr! ... Es ist gut. –

WILHELM. Mit Erlaubnis – er nannte noch einen anderen, der mitkommen wollte – Graf Trast – oder so –

MÜHLINGK *(aufspringend)*. Wie? Der Graf Trast! Trast und Compagnie, Curt. – Der Kaffeekönig! *(Winkt dem Diener. Diener ab.)*

CURT. Was so'n Commis für'n Glück hat.

MÜHLINGK. Oh, den müssen wir ja einladen, Amalie.

FRAU MÜHLINGK. Gut, morgen mittag.

LENORE. Wie – und Robert Heinecke nicht?

CURT *(beiseite)*. Immer besser.

MÜHLINGK. Hm! Eigentlich hast du recht. – Wenn man gelegentlich zu diesen Leuten herabsteigt, kettet man sie mit ihrem Gemütsleben an die Interessen der Firma. – So etwas bringt oft Tausende ein, Curt. – – Der junge

Mensch hat sich unter Bennos Führung ganz hübsch eingearbeitet und da ich ihn auf fernere zehn Jahre nach den Antillen schicken will –

LENORE *(entrüstet)*. So war es nicht gemeint, Papa.

MÜHLINGK. Schadet nichts.

FRAU MÜHLINGK. Und du, Curt, paßt ein wenig auf, daß der junge Mensch keine Fauxpas begeht. Er kommt aus dem Hinterhause. So was färbt ab. –

CURT *(aufstehend)*. Pardon. Ihr wünscht doch, daß ich auch meine Freunde einlade.

MÜHLINGK. Gewiß, auch deine Freunde. Junggesellen haben immer Zeit.

CURT. Ich möchte bitten, daß Ihr mir das erlaßt. Ich kann unmöglich junge Männer aus guter Familie mit dem Sohne des *(weist nach hinten)* Herrn Heinecke gesellschaftlich bekannt machen.

LENORE *(leise zu ihm)*. Solltest du nicht eher den Bruder des Fräulein Heinecke im Auge haben?

CURT *(erschrocken, sich dann sammelnd)*. Wie meinst du das?

LENORE. Sei zufrieden, daß ich dir die Antwort schenke.

CURT. Bitte!

LENORE. Soll ich?

CURT. Du drohst mir wohl?

MÜHLINGK. Liebe Kinder, in diesem Hause gibt es keine Szenen.

FRAU MÜHLINGK. Wir wollen nichts gehört haben, Theodor. Ich ziehe mich nun zurück, Auch du ruhst wohl ein wenig?

MÜHLINGK *(küßt sie zeremoniell auf die Stirn)*.

CURT *(beiseite)*. Die gute, alte Zeit! *(Laut.)* Mahlzeit! *(Frau Mühlingk will nach dem Hintergrunde ab. Mühlingk klingelt.)*

LENORE *(hinter Frau Mühlingk hereilend)*. Mutter!

FRAU MÜHLINGK *(sich umwendend, mit nervöser Freundlichkeit)*. Es ist gut. Laß nur. *(Ab.)*

WILHELM *(tritt ein).*

MÜHLINGK. Besuch wird nach meinem Arbeitskabinett gemeldet. *(Ab.)*
(Diener ab.)

Dritte Szene

Curt. Lenore.

CURT *(will gleichfalls ab).*

LENORE. Mir scheint, daß wir miteinander zu sprechen haben, Curt.

CURT. Wir? ... Hä? Nein.

LENORE. Und du trägst kein Verlangen, mich zur Rechenschaft zu ziehn?

CURT. Dir scheint es nicht zu passen, daß ich mich ein wenig in der Welt umsehe ... Weil du vier Jahre älter bist als ich und mich einmal gehn gelehrt hast, möchtest du mich noch immer am Gängelbande halten. Du – aber gehn *kann* ich nun ... Es gibt sogar Damen, welche behaupten, ich ginge zu weit ... Bitte, laß mir meine Façon, selig zu werden.

LENORE. Ich habe dir nie einen Vorwurf gemacht. Spiele den Lebemann, so viel du willst. Aber habe den Mut, es zu bekennen.

CURT. Würde mir schlecht bekommen!

LENORE. Du spielst den gehorsamen Haussohn, um dich hinterher über die Eltern lustig zu machen. – Glaube mir Curt, so richtest du deinen Charakter zugrunde.

CURT *(belustigt).* Ach?

LENORE. Und um eines fleh ich dich an: Dies Haus und seinen Bezirk – die halte heilig.

CURT. Da wären wir nun mit Gottes Hülfe.

LENORE. Weißt du, was man zischelt und raunt hinten in den Höfen und Werkstätten? Daß du die Schwester Robert Heineckes mit deinen Aufmerksamkeiten verfolgst – daß du –

CURT *(achselzuckend)*. Ja, wenn du dir gestattest, den Klatsch der Hintertreppen herumzutragen!

LENORE. Curt – nicht diesen Ton! Ich habe dich heut vor den Eltern geschont. Das nächste Mal tu ich es nicht ... Und vor allem eins: Robert ist zurückgekehrt ... Wenn er seine Schwester schuldig fände ... Sei still, ich fürchte es nicht ... ich würde nicht wagen, es zu fürchten ... Aber das Mädchen ist eitel und leichtsinnig ... *Wenn* es so wäre ... Und durch deine Schuld, Curt, nimm dich in acht! ... Er würde dich zerschmettern.

CURT. Wer? Mein Commis? – Mit seinem Probenkoffer.

LENORE. Ah! ... Und daß du dich dazu hergibst, diesen deinen Commis zu *bestehlen*, daran denkst du nicht?

CURT. Was sind das für Ausdrücke? ... Bestehlen – um was denn?

LENORE. Um seine Stellung vor der Welt! Um seinen guten Namen?

CURT. Den Namen Heinecke. Pah!

WILHELM *(bringt zwei Visitenkarten, die er Lenoren überreicht)*.

LENORE. Besuch für dich!

CURT. Wer denn?

LENORE. Lies!

CURT. Lothar Brandt ... Hugo Stengel ... Ach, ich lasse bitten. *(Wirft die Karte auf das Tischchen rechts. Diener ab.)*

LENORE *(wirft sich in den Schaukelstuhl)*.

CURT. Zeichen und Wunder. Du läufst ja heute nicht davon!

Vierte Szene

Die Vorigen. Hugo Stengel. Lothar Brandt.

LOTHAR. Morgen, lieber Junge!

CURT *(ihnen entgegengehend)*. Ihr kommt meinen Rappen besehen. Das ist nett von Euch.

HUGO *(mit einer Verbeugung gegen Lenoren)*. Wir nahmen uns die Freiheit.

LOTHAR *(gleichfalls)*. Falls wir das gnädige Fräulein nicht stören.

LENORE *(liebenswürdig)*. Durchaus nicht. – Ich gehe nur selten nach den Ställen. *(Die beiden räuspern sich.)*

CURT. Wollt Ihr also nicht Platz nehmen?

LOTHAR. Wir erwarten die Erlaubnis des gnädigen Fräuleins.

LENORE *(kühl)*. Ich bitte! *(Nimmt ein Buch und blättert darin. Curt wirft ihr einen Blick des Unwillens zu. Setzen sich.)*

CURT. Nun, wo stecktet Ihr denn gestern?

LOTHAR *(posierend)*. Gestern? – Was verlangst du für Leistungen von meinem Gedächtnis. – Ja, was war denn eigentlich gestern? Zuerst war ich im Tattersaal, dann hatte ich Konferenz mit Papa. – Der Kaffee sinkt wieder.

HUGO. Beängstigend. – – Dreiundfünfzigeinhalb. –

LOTHAR. Beängstigend, lieber Hugo, ist wohl nicht das richtige Wort. Er sinkt. Wir werden kämpfen. – Dann machte ich Besuche. Dann aß ich im Offiziersverein.

LENORE *(aufblickend)*. Ah – Sie sind Offizier?

LOTHAR *(beleidigt)*. Ich dächte, Sie wüßten das, mein gnädiges Fräulein. – Ich bin Lieutenant der Reserve im Kürassierregiment »Kronprinz«.

LENORE *(lächelnd, mit einem Blick auf den Tisch)*. Ach ja – siehe Visitenkarte.

CURT *(ihm auf die Schulter klopfend.)* Sonst auch hoch zu Roß auf Herrn Papas Comptoirschemel!

LOTHAR *(schneidend)*. Ich muß sehr bitten, mein Lieber!

LENORE. Herr Lieutenant, das ist nicht der schlechteste Renner für eine Jagd nach dem Glück.

HUGO. O wie fein! Wie fein!

CURT. Aber ich suchte Euch des Abends!

LOTHAR. Abends? – Da war man eben eingeladen. Wo? das ist mir nicht recht erinnerlich. Sprechen wir nicht darüber. Sie belieben zu lächeln, mein gnädiges Fräulein.

LENORE. Wie dürfte ich?

LOTHAR. Aber Sie in Ihrer stolzen Zurückgezogenheit haben keine Ahnung, was in unserem geliebten Deutsch das Wort »Saison« bedeutet.

HUGO. Es sind zwei Monate her, mein gnädiges Fräulein, daß ich zum letzten Male, was man so nennt, geschlafen habe.

CURT. Und das geschah auf einem Billard.

LOTHAR. Nun, das hat unser verehrter Curt scherzhaft gemeint. Aber wenn Sie wüßten, was es heißt, Märtyrer des Vergnügens zu sein – Sie würden uns verstehn.

LENORE. Ich bemühe mich so sehr, Sie zu verstehen, daß ich schon angefangen habe, Sie zu bedauern.

HUGO *(leise zu Lothar).* Mir scheint, das Mädel macht sich lustig.

LOTHAR *(leise, arrogant).* Ein jeder ist so kokett, wie er kann.

CURT *(ist zu Lenore hinübergegangen, leise).* Du brauchtest nicht so unliebenswürdig zu sein!

LENORE *(sich schaukelnd).* Hm? *(Liest weiter.)*

LOTHAR. Darf man fragen, was die Aufmerksamkeit des gnädigen Fräuleins so sehr in Anspruch nimmt?

CURT *(für sich).* Wenn er sie doch nur laufen ließe.

LENORE. Etwas, was die Märtyrer des Vergnügens kaum interessieren wird, denn es dreht sich nur um die Märtyrer – der Arbeit.

LOTHAR. So so!

HUGO *(aufspringend).* Wollten wir nicht den Rappen besehen?

LOTHAR. Ganz recht. – Geht Ihr nur vor. – Die Märtyrer der Arbeit interessieren mich mehr, als das gnädige Fräulein glaubt.

CURT *(beiseite).* Ach, der Unglückliche!

HUGO. Mein gnädiges – –

CURT *(ihn hinausschiebend).* Komm, Stengelchen, komm! *(Beide ab.)*

Fünfte Szene

Lothar. Lenore.

LENORE *(sieht nach der Uhr, ungeduldig).* Mit welcher Auskunft kann ich dienen, Herr Brandt?

LOTHAR. Mein gnädiges Fräulein, ich sehe mit Bedauern, wie sehr Sie mich verkennen, denn wenn mein Wert auch bescheiden ist ...

LENORE. Und um mir das zu versichern, versäumen Sie ...

LOTHAR. Noch einen Augenblick ... bitte ...

LENORE *(beiseite).* Ein Antrag.

LOTHAR. Meine Fehler mögen unzählige sein, aber, mein gnädiges Fräulein, ich bin ein Mann von Ehre.

LENORE. Das scheint mir für einen Sohn aus guter Familie selbstverständlich, Herr Brandt. – Und so wenig verdienstvoll, wie daß er einen guten Rock auf dem Leibe trägt.

LOTHAR. So gering schätzen Sie – –

LENORE. Verzeihung. – Ich schätze selbst die Schlechtgekleideten nicht gering, nur in den Salon läßt man sie nicht hinein. Doch, Herr Brandt, ich habe Sie unterbrochen. Vielleicht verkenn ich Sie wirklich. Lassen Sie weiter hören.

LOTHAR. Ich muß bekennen, mein gnädiges Fräulein, Sie haben mich eingeschüchtert. Und das will etwas sagen! Denn was wäre man, wenn man nicht den Mut besäße?

LENORE. Ah, das ist schon mehr. – Vor dem Mute hab ich Achtung. Aber worin hat sich Ihr Mut bereits betätigt?

LOTHAR. Fragen Sie meine Freunde. Er steht über jeden Zweifel erhaben.

LENORE. Sie wollen mir sagen: Sie haben sich geschlagen.

LOTHAR. Man spricht vor Damen nicht davon.

LENORE. Und wir erfahren's doch. Wir sind ja dazu da, dem Sieger den Lorbeer zu reichen. Aber, sind Sie vielleicht einmal in der Lage gewesen, für eine übel berüchtigte

Ansicht, die Sie aber im Innersten als die Ihrige erkennen mußten, eine Lanze zu brechen?

LOTHAR *(entrüstet)*. Wie können Sie glauben? ... Derartige Ansichten habe ich nicht! –

LENORE. Oder haben Sie vielleicht je eine unwürdige Verdächtigung schweigend ertragen?

LOTHAR. Ich? Schweigend? ... Im Gegenteil.

LENORE. Nie?

LOTHAR. Nie, mein Fräulein.

LENORE. Nun, dann weiß man auch über Ihren Mut nichts Gewisses, Herr – darf ich Lieutenant sagen? – Erst erproben Sie ihn, und dann vielleicht mehr davon. *(Erhebt sich.)*

LOTHAR *(will sie zurückhalten)*. Mein Fräulein –

Sechste Szene

Trast. Robert. Wilhelm. Die Vorigen.

WILHELM *(noch vor der Tür)*. Wollen die Herren solange hier eintreten.

LENORE. Ah! Endlich! *(Eilt Robert mit ausgestreckten Händen entgegen.)*

TRAST *(beiseite)*. So stehen die Sachen! *(Zum Diener, der durch die hintere Tür rechts hinaus will.)* Sie, kommen Sie mal her. *(Nimmt ihm eine der Karten aus der Hand und steckt sie in die Tasche.)*

LOTHAR *(Robert und Lenore beobachtend)*. Was bedeutet das?

TRAST. Meine Karte genügt! Allons! *(Diener ab.)*

ROBERT. Lenore, hier bring ich Ihnen den Grafen Trast, meinen Gönner und liebsten Freund.

LENORE *(sich besinnend)*. Gestatten die Herren, daß ich Ihnen Herrn Lothar Brandt vorstelle. – Herr Graf von Trast. Herr Robert Heinecke, mein Jugendfreund. *(Verbeugungen.)*

LOTHAR *(für sich).* Sie stellt *mich* dem Bruder der Alma – – – das ist günstig! *(Laut.)* Die Herrschaften verzeihen, aber meine – Freunde – *(Schnarrt und stottert.)*

TRAST. Erwarten Sie – nicht wahr?

LOTHAR *(in Positur, ihn messend).* Ganz recht! *(Im Abgehen.)* Was für 'ne Sorte von Graf ist *das*? *(Dreht sich in der Tür noch einmal um, grüßt, die Hacken zusammenschlagend, ab.)*

Siebente Szene

Lenore. Robert. Trast.

LENORE *(Platz anbietend).* Sie waren lange nicht daheim, Herr Graf?

TRAST. Ich hause seit einem Vierteljahrhundert in den Tropen.

LENORE. Zu Ihrem Vergnügen?

TRAST. Soviel als möglich jedenfalls. Daneben bin ich Spekulant in Kaffee, Gewürznelken und Elfenbein, Elefantenjäger und bei Bedarf auch Elefant.

LENORE *(lachend).* In welcher Ihrer Eigenschaften heiß ich Sie willkommen, Sie vielseitiger Mann?

TRAST. *Sie* haben die Wahl, mein gnädiges Fräulein.

WILHELM *(zurückkehrend).* Der Herr Kommerzienrat lassen bitten. *(Man steht auf.)*

ROBERT. Ich muß nun –

TRAST. Bleiben mußt du. Ich habe deinen Chef vorerst allein zu sprechen. *(Leise.)* Keinen Widerspruch. Die hast du mir verschweigen können? *(Laut.)* Er hat mir zehn Jahre lang in allen Tonarten Ihr Lob gesungen. Ist es nicht billig, daß ich Sie verurteile, zehn Minuten lang auch einiges Gute über mich zu hören?

LENORE *(ihm mit dem Finger drohend).* Sie sind ein Schelm.

TRAST. In Ihren Diensten selbst ein Schelm! *(Ab.)*

Achte Szene

Lenore. Robert.

LENORE *(seine Hände ergreifend).* Endlich hab ich Sie wieder hier, Robert!

ROBERT. Ich danke Ihnen aus Herzensgrunde für jedes gute Wort, Lenore.

LENORE. Hu, was sind Sie feierlich. – Meine guten Worte sind keine Almosen. Kommen Sie her! *(Führt ihn zum Kamin.)* Setzen Sie sich – hier ins Warme ... Mir gegenüber. Müssen Sie frieren in dem kalten Deutschland! – Warten Sie, ich fache das Feuer an. *(Bläst mit dem Blasebalg hinein.)* Man hat nämlich Kamine jetzt ... Sehr unpraktisch, aber plaudern läßt sich davor ... In Indien braucht man keine Kamine, nicht wahr? *(Für sich.)* Bin ich glücklich! *(Laut.)* Ach, bin ich froh, Robert! Und nun, da Sie das wissen, heraus mit dem »Aber«, das Sie im Hinterhalte liegen haben – ich pariere.

ROBERT. Lenore, machen Sie mir das Herz nicht schwer.

LENORE. Da sei Gott vor.

ROBERT. Sie tun's, wenn Sie in dieser Weise fortfahren, mir den Schatten eines Glückes vors Auge zu zaubern, das für immer begraben ist.

LENORE. O wenn Sie mir nur der Alte geblieben sind.

ROBERT. Das bin ich, weiß Gott ... Aber, was hilft's – es liegen ja Abgründe zwischen uns.

LENORE *(entmutigt).* Ja – dann!

ROBERT. Mein Gott, verstehn Sie mich doch recht. Ich darf ja nicht reden, wie's mir ums Herz ist ... Wissen Sie noch, was Sie mir beim Abschiede ins Ohr sagten?

LENORE. Nun?

ROBERT. Bleibe mir gut, sagten Sie.

LENORE. So sagte ich? Genau so?

ROBERT. Ein solches Wort vergißt man nicht, Lenore.

LENORE. Genau so? Man hatte uns doch verboten, uns du zu nennen?

ROBERT. Aber da taten Sie's.

LENORE. Und warum tun wir's heute nicht mehr?

ROBERT. Lenore, Sie spielen mit mir.

LENORE. Sie haben recht, mein Freund. Das schickt sich nicht. Es sieht aus wie Koketterie – und ist doch nur die Freude, Sie wieder zu haben. – Aber Sie zeigen mir deutlich genug, daß unser Kindertraum zu Ende ist.

ROBERT. Es muß wohl sein. Ihr Vater hat mich in einer großmütigen Wallung aus der Niedrigkeit emporgehoben ... Was ich denke und fühle, verdank ich ihm. Damit hab ich das Recht der Selbstbestimmung verloren. Ich bin ein Höriger dieses Hauses ... Ich habe kein Recht, seiner jungen Herrin nahezustehen ... Die Form sei, wie sie wolle ...

LENORE. Ihr eigener Stolz straft Sie Lügen.

ROBERT. Vielleicht ist es gerade mein Stolz, der mich in dieses Joch zwingt.

LENORE. Und von dem Sie mir kein Titelchen zu opfern bereit sind?

ROBERT. Quälen Sie mich nicht. Es ist ja nicht *das* allein. Denken Sie, wie's mir ergeht. Erst in diesem Augenblick, da ich Ihnen gegenübersitze, find ich so etwas wie Heimat wieder. Aber ich wäre ein elender Egoist, wenn ich diesem Gefühle Raum geben wollte, denn dort hinten auf dem Hofe haust meine Familie ... Vater – Mutter – Schwester ... Und diese Familie ... Ach, Lenore, es geht dort im Hinterhause ein gut Stück anders zu, als Ihre Güte sich vorstellen mag.

LENORE. Mein lieber Freund, man braucht nicht erst nach Indien zu gehen, um den Seinen fremd zu werden.

ROBERT. Lenore, Sie auch?

LENORE. Wir schwiegen besser darüber. Ich stehe tief beschämt vor Ihnen da. Ich bin ein gut Teil unbändiger als Sie. All mein Pflichtgefühl hat mich im Stich gelassen. Mit einer Art von dumpfem Groll, der fast Hochmut geworden ist, steh ich den Meinen und allem, was hier drum und dran hängt, gegenüber, und ich bin sonst wirklich nicht hochmütig! Sagen Sie mir, was ist das, was in mir –

ROBERT. Stille!

(Mühlingk und Trast hinten rechts.)

Neunte Szene

Mühlingk. Trast. Die Vorigen.

MÜHLINGK *(von Trast Abschied nehmend).* Also auf morgen mittag, Herr Graf! – Da ist ja der junge Mann. – Willkommen, willkommen! *(Reicht ihm die Hand.)* Wollen Sie schon Abrechnung halten?

ROBERT. Ich kam nur, mich Ihnen vorzustellen, Herr Kommerzienrat, die Papiere waren noch nicht ausgepackt.

MÜHLINGK. Nun, nun, es eilt nicht! Was führt *dich* her, Lenore?

LENORE. Sehr einfach, ich wollte Robert guten Tag sagen.

MÜHLINGK. Hm. – Aber du weißt doch, daß Mama nach dir gefragt hat. Kommen Sie, junger Mann, ich habe Pläne mit Ihnen, Pläne! Herr Graf, Sie wissen, daß wir vor Ihnen keine Geheimnisse haben.

TRAST. Sie werden ihn besser kennenlernen, wenn er mit Ihnen allein ist. – Ich erwarte dich hier.

LENORE. Auf Wiedersehn, Robert. *(Schüttelt ihm die Hand.)*

MÜHLINGK *(strafend).* Hm!

(Mühlingk, Robert ab.)

Zehnte Szene

Lenore. Trast.

LENORE. Herr Graf – Sie hörten – ich habe mich zu empfehlen!

TRAST. Mein gnädiges Fräulein! *(Lenore geht zur Tür, er*

sieht ihr nach, als sie sich noch einmal umdreht, droht er ihr lächelnd mit dem Finger.)

LENORE *(befremdet).* Was heißt das, Herr Graf?

TRAST. Hm. Eigentlich heißt das – *(Klatscht in die Hände.)*

LENORE. Und was heißt *das*?

TRAST. Das heißt: *(durch die hohle Hand)* Bravo!

LENORE *(strenge).* Ich verstehe Sie nicht, Herr – ah. *(Lacht auf, geht resolut zurück und streckt die Hand aus.)* Doch – ich versteh Sie!

TRAST *(mit seinen beiden Händen die ihre ergreifend).* So war's recht!

LENORE *(wieder förmlicher).* Herr Graf!

TRAST. Mein Fräulein! *(Lenore ab.)*

TRAST. Das ist ja ein prächtiger Mensch, dieses Mädchen. Die gönn ich ihm. Die soll er haben.

Elfte Szene

Curt. Lothar. Hugo. Trast hinten links.

CURT *(zu Hugo).* Nur Mut, Stengelchen. – Komm herein!

TRAST *(ihn erkennend).* Dann freilich nicht!

CURT *(erkennt auch ihn, erschrickt, tritt an ihn heran, mit gedämpfter Stimme).* Sie suchen mich, mein Herr.

TRAST. Nein – aber es freut mich, daß ich Sie finde.

CURT. Mit wem hab ich die Ehre?

TRAST. Graf Trast.

CURT *(befangen, sehr höflich).* Ah! – Wir verdanken Ihren Besuch unserem Herrn – wohl eine Reisebekanntschaft – unser Herr –

TRAST. Sie sind der Sohn dieses Hauses?

CURT. Pardon. Zu dienen. Natürlich. – Und, nicht wahr, Herr Graf, wir beide sind Lebemänner genug, um den Vorfall des gestrigen Abends zu vergessen? –

TRAST. Glauben Sie?

CURT. Das Mädchen ist niedlich, das weiß ich am besten.

Ihrem Geschmack, Herr Graf, alle Ehre. Aber Sie sehen ein, das Recht steht auf meiner Seite. Wir werden, hoff ich, nicht rivalisieren.

TRAST. Um so weniger, als der Bruder des Mädchens der beste Freund ist, den ich besitze.

CURT *(erschrickt, faßt sich, nach kleinem Schweigen).* Was gedenken Sie zu tun?

TRAST. Das weiß ich noch nicht. Gelingt es mir, ihn von seinen eingebildeten Verpflichtungen gegen Ihr Haus loszulösen und find ich Sie bereit, Ihre Beziehungen auf der Stelle abzubrechen, so darf ich vielleicht schweigen –

CURT. Und sonst!

TRAST. Das ist dann Herrn Heineckes Sache.

CURT. Glauben Sie etwa, daß ich mich mit meinem Commis schlagen werde?

TRAST. Mit Ihrem – was? – Ah so!

CURT. Herr Graf, tun Sie, was Ihnen beliebt.

TRAST. Das ist meine Gewohnheit. Herr Heinecke befindet sich augenblicklich bei Ihrem Herrn Vater ... Gestatten Sie mir, mich noch einige Minuten hier aufzuhalten, um ein Begegnen zwischen Ihnen abzukürzen. Ich möchte vermeiden, daß Sie einander die Hand drücken. –

CURT. Betrachten Sie dies Zimmer als das Ihre, Herr Graf.

TRAST. Ich danke Ihnen. *(Sie trennen sich. – Trast dreht sich nach der Wand und besieht Bilder.)*

CURT *(geht aufgeregt nach dem Hintergrunde).*

LOTHAR *(zu Hugo).* Was hat er nur mit dem da? Wenn ich mich recht erinnere, gab's einmal bei meinem Regimente einen Grafen Trast, der – ein schlechtes Ende nahm. – Paß mal auf!

HUGO *(ängstlich).* Willst du etwa mit ihm anbinden?

LOTHAR. Warum nicht? Der Mensch intrigiert mich. – *(Näher tretend.)* Herr Graf lieben die Einsamkeit?

TRAST *(sich umwendend).* Allerdings!

LOTHAR. Das ist beinahe unhöflich.

TRAST *(sieht ihn groß an).* Ah! Ihr Ehrgefühl scheint auf einer Messerschneide einherzugehen, Herr – Pardon!

LOTHAR. Ich heiße Lothar Brandt und halte es für nötig, hinzuzufügen, daß ich Lieutenant der Reserve im Kürassierregiment »Kronprinz« bin. –

TRAST *(sehr liebenswürdig).* Sonst nichts?

LOTHAR *(drohend).* Sonst nichts, Herr Graf?

TRAST. Vergebung. Man dient in der Reserve nur zu Kriegszeiten. Als ich hierher kam, hoffte ich im Frieden zu leben.

LOTHAR. Sie irren, Herr Graf. Man dient in der Reserve auch bei einer Waffenübung.

TRAST. Brauchen Sie mich zu einer Waffenübung? –

LOTHAR. Gestatten Sie mir, Herr Graf, vorerst eine Frage.

TRAST. Mit Vergnügen.

LOTHAR. Bei dem Regimente, dem anzugehören ich die hohe Ehre habe, hat vor Jahren ein junger Offizier gestanden, der Ihren Namen trug.

TRAST. So? Das kann ich wohl gewesen sein.

LOTHAR *(scharf).* Derselbe wurde mit schlichtem Abschiede aus der Armee entlassen.

TRAST. Stimmt, stimmt! *(Immer liebenswürdig.)* Und wenn Sie hiermit, mein werter Herr, den Wunsch ausdrücken wollen, mich auf der Straße nicht zu grüßen – ich entbinde Sie von Ihrem Gruße ... Ich kann ihn entbehren! *(Verbeugt sich und ergreift eine Mappe, um darin zu blättern).*

HUGO *(begeistert).* So elegant bin ich noch nie abgefertigt worden. *(Geht zu Trast mit tiefer Verbeugung.)* Gestatten – mein Name ist Stengel.

TRAST *(sich umwendend).* Beliebt?

HUGO. Stengel!

TRAST *(verbeugt sich liebenswürdig – sie sprechen).*

CURT *(der inzwischen nach dem Vordergrunde gekommen ist, leise zu Lothar).* Mensch, was fällt dir ein? ... Das ist ja die allmächtige Firma Trast und Comp ... Willst du das Geschäft deines Vaters ruinieren? –

LOTHAR *(bestürzt)*. Warum hast du mir das nicht früher gesagt?

CURT. Jedenfalls müssen wir die Geschichte auf der Stelle wiedergutmachen.

LOTHAR. Falls du eine korrekte Form findest!

CURT. Verzeihung, Herr Graf – Mein Freund bedauert – –

LOTHAR *(laut)*. Bedauern ist wohl nicht das richtige Wort, lieber Curt.

CURT *(stotternd)*. Nun – er – er –

TRAST. Vielleicht wünscht Ihr Freund die kleine Diskussion als nicht gewesen zu betrachten?

LOTHAR. *So* weit können wir allenfalls gehen, lieber Curt.

TRAST. Ich muß versuchen in Hochherzigkeit gleichen Schritt zu halten und – habe denselben Wunsch.–

CURT. Der Zwischenfall ist also erledigt.

LOTHAR. Und ich gestatte mir, der Freude Ausdruck zu geben, einen Mann, den ich in seinem Wirken seit Jahren hochschätze, persönlich kennenzulernen.

TRAST *(sehr liebenswürdig)*. Sie sehen, Herr Lieutenant, es war nicht überflüssig, Sie nach dem »Sonst« zu fragen. In den Sphären der Bürgerlichkeit verstehen wir beide uns gleich. Meine Herren, Herr Brandt junior, der berufene Erbe der ehrenwerten Kolonialwarenhandlung Brandt und Stengel, – wie ich erfahre – mit welcher in Geschäftsverbindung zu stehen mir ein Vergnügen bereitet, hat mir soeben ein Privatissimum über das Thema »Ehre« gehalten. Gestatten Sie, daß ich ihm publice die Antwort gebe. *(Setzen sich rechts.)* Im Vertrauen gesagt: Es gibt gar keine Ehre! *(Erstaunen.)* Erschrecken Sie nicht. Es tut nicht weh. –

LOTHAR. Und was wir Ehre nennen?

TRAST. Was wir gemeinhin Ehre nennen, das ist wohl nichts weiter, wie der Schatten, den wir werfen, wenn die Sonne der öffentlichen Achtung uns bescheint. – Aber das Schlimmste bei allem ist, daß wir so viel verschiedene Sorten von »Ehre« besitzen als gesellschaftliche Kreise und Schichten. Wie soll man sich da zurechtfinden?

LOTHAR *(scharf)*. Sie irren, Herr Graf. Es gibt nur Eine Ehre, wie nur Eine Sonne und Einen Gott. Das muß man fühlen oder man ist kein Kavalier.

TRAST. Hm. – Gestatten Sie, daß ich Ihnen eine ganz kleine Geschichte erzähle. Auf einer Reise durch Mittelasien kam ich in das Haus eines tibetanischen Großen. Ich war bestaubt und wegmüde. Er empfing mich, auf seinem Thronsessel sitzend. Neben sich sein junges, liebreizendes Weib. Ruhe aus, Fremder, sagte er, mein Weib wird dir ein Bad rüsten und hierauf wollen wir Männer uns zum Mahle setzen. Und er ließ mich in den Händen des jungen Weibes. – – Meine Herren, wenn ich je im Leben Gelegenheit hatte, meine Selbstbeherrschung zu erproben, so geschah es in jener Stunde. – Als ich die Halle wieder betrat, was fand ich da? Die Gefolgschaft in Waffen, dröhnende Stimmen, halbgezückte Schwerter. Du mußt sterben, ruft mein Gastfreund, du hast die Ehre meines Hauses tödlich beleidigt, denn du hast das Wertvollste, was es dir bot, verschmäht. – Sie sehen, meine Herren, ich lebe noch, denn schließlich entschuldigte man mich mit den mangelnden Ehrbegriffen der europäischen Barbaren. *(Man lacht.)* Wenn Sie einen unserer modernen Ehebruchsdichter sehn, grüßen Sie ihn von mir, und ich schenk ihm diesen Konflikt.

(Alle lachen, man geht allgemach nach links hinüber.)

TRAST. Meine Herren, ich wünsche nicht für frivol gehalten zu werden. Den Rätseln der Gesittung nachzuspüren, ist sittlich an und für sich ... Sehen Sie, nun liegt es außerdem im Wesen der sogenannten Ehre, daß sie nur von wenigen, einem Häuflein Halbgötter besessen werden darf, denn sie ist ein Luxusgefühl, das in demselben Maße an Wert verliert, in dem der Pöbel wagt, es sich anzueignen.

CURT. Das aber, Herr Graf, ist paradox. Es ist doch jedem erlaubt, ein Mann von Ehre zu sein?

TRAST. Im Gegenteil. Dann könnte ja der erstbeste arme Teufel aus dem Hinterhause kommen und die Kavaliersehre für sich beanspruchen. *(Curt ist betroffen.)*

LOTHAR. Wenn er nach ihr handelt, so ist er ein Kavalier.

TRAST. Hm? Ja? Darf ich Ihnen eine zweite, noch kleinere Geschichte erzählen? ... Aber ich fürchte, ich langweile Sie.

LOTHAR. HUGO *(lachend).* Nein – nein!

TRAST. Sie spielt irgendwo in Südamerika, – dort bilden die Spanier die Aristokratie, – die Hefe ist ein Gemisch von Negern, Indianern und allerhand weißem Gesindel. Ein Sprößling dieser unreinen Race – er hieß – hm – Pepe – hatte Gelegenheit, in das spanische Mutterland verpflanzt zu werden und dort an dem echt kastilianischen Ehrgefühl ein wenig *(haucht über den linken Ellenbogen)* abzufärben.

Zwölfte Szene

Die Vorigen. Robert.

ROBERT *(tritt unbeachtet aus Mühlingks Kabinett und hört zu).*

TRAST. Als er nach Jahren zurückkehrt, findet er seine eben erblühte Schwester mit einem jungen Aristokraten allzu innig befreundet ... Meine Herren, entrüsten wir uns nicht. Gemäß ihrer Herkunft war das des jungen Mädchens Bestimmung. Der junge Bursche aber untersteht sich, den Geliebten zur Rechenschaft ziehen zu wollen, wie wenn er nicht als Mestize, sondern als Hidalgo auf die Welt gekommen wäre.

CURT *(leise).* Paßt auf, das geht auf mich. –

TRAST. Sie sehn, meine Herren, das war Wahnsinn und wie einen Wahnsinnigen wies man ihn zurück. Nun erst entpuppt sich des Burschen wahre Natur. Wie ein Strolch lauert er dem jungen Edelmanne auf und knallt ihn nieder.

– Er wird verurteilt und noch unter dem Galgen behauptet der Tölpel – Pepe hieß er ja wohl – er sterbe für seine Ehre. Meine Herren, ist das nicht einfach lächerlich?

ROBERT. Du irrst, lieber Freund. Dieser Tölpel war in seinem Rechte. Ich würde nicht anders gehandelt haben. *(Alle stehen auf.)*

TRAST. Ah, da bist du ja! *(Ihm rasch entgegengehend, leise.)* Du kennst hier niemand. Sieh dich nicht um und komm. *(Drängt ihn zur Tür.)*

ROBERT *(leise)*. Ist das dort nicht Curt?

TRAST. Es sind Fremde. Komm. *(Laut.)* Sie verzeihn, meine Herren. Wir sind in Eile. Leben Sie wohl.

LOTHAR *(zu Curt)*. Jetzt faß ich ihn. – *(Laut.)* Gestatten Sie noch eine Frage, Herr Graf ... *(Schneidend.)* Wenn Sie die Ehre aus der Welt zu schaffen belieben, was sollen Ehrenmänner an ihre Stelle setzen?

TRAST *(sich hoch aufrichtend)*. Die Pflicht, junger Mann. – *(Leicht.)* Freilich, das ist unbequem ... Meine Herren –

CURT. Es war unserem Hause eine Ehre, Herr Graf. –

ROBERT. Verzeihung! – Sind Sie Herr Curt Mühlingk?

CURT. Das ist mein Name.

ROBERT *(verwirrt)*. Wie – und? – – – Ja, ich vergaß – Sie kennen mich ja gar nicht mehr ... Ich bin ... *(Will mit ausgestreckter Hand auf ihn zu.)*

TRAST *(dazwischentretend)*. Du gibst diesem Herrn nicht die Hand.

ROBERT *(sieht sich wirr um, fixiert Curt, dann Trast, dann wieder Curt, schreit auf, dann sich fassend)*. Ich bitte um eine Unterredung – Herr Mühlingk – unter vier Augen.

CURT. Wie Sie sehn, hab ich Besuch, aber in einer Stunde steh ich zu Ihrer Verfügung. –

ROBERT. In einer Stunde, Herr Mühlingk!

TRAST *(für sich)*. Er hat rasch begriffen. – *(Trast und Robert zur Tür.)*

Der Vorhang fällt.

Dritter Akt

Dekoration des ersten. – Eine Lampe brennt auf dem Tische. – Das Tageslicht bricht durch das Fenster. – Im Hintergrunde links ein aufgeschlagenes Bett unberührt. Daneben ein großer Koffer. Robert sitzt, den Kopf in den Händen, vor dem Tische. Dann

Erste Szene

Frau Heinecke in Nachtmütze und wollenem Unterrock.

FRAU HEINECKE. Guten Morgen, mein Sohn. *(Er antwortet nicht.)* Erbarmen, er is jar nich ins Bette gewesen! *(Tritt, sich die Augen wischend, zu ihm.)* Robertchen!

ROBERT *(schrickt empor).* Was gibt's? – Was willst du?

FRAU HEINECKE. Jeses, wie du mir anschreist! Und die Zähne klappern dir vor Frost! Willste Kaffee trinken? *(Er verneint heftig.)* Robertchen, nimm eine jute Lehre an von deine alte Mutter: Wenn der Mensch auch Kummer hat, schlafen muß der Mensch doch; denn das stärkt die Jlieder! *(Löscht die Lampe.)*

ROBERT. Mutter, Mutter, was habt Ihr getan?

FRAU HEINECKE *(weinend).* Wir haben keine Schuld, mein Sohn!

ROBERT. Keine Schuld! Mutter!

FRAU HEINECKE. Ick hab ihr ehrbar erzogen. In diesen Hause is ihr nie ein schlechtes Beispiel gegeben worden. – Ich hab sie zur Schule angehalten und auch Komfirmieren lassen, obgleich das nich mehr nötig is ... Vor den Altar is sie getreten in einen neuen schwarzen Ripskleide. Hab ick ihr gekauft aus 'nen billigen Ausverkauf, und mein eigenes Hochzeitstaschentuch hab ick ihr in die Hand jejeben, und der Herr Prediger sprach so rihrend, so rihrend –

ROBERT. Aber wie hast du den Verkehr mit jenem – Menschen dulden können?

FRAU HEINECKE. Vielleicht war es jar nich so schlimm!

ROBERT. Was verlangst du noch für Beweise? ... Hat er mir mit brutalster Offenheit nicht alles eingestanden? Oder hat Alma etwa zu leugnen versucht? Zum Überfluß bin ich dann gestern abend noch im Hause der Michalski gewesen. – Alles war aufs Vortrefflichste geordnet. Deine liebe Tochter Auguste hat ihnen ein verschwiegenes Nest hergerichtet, mit Teppichen und Vorhängen und roten Ampeln – sie selbst stand Wache vor der Tür und wurde dafür – bezahlt – hahaha! – – Der Elende war gestern in meinen Händen! Hätt' ich's nur übers Herz gebracht!

FRAU HEINECKE. Aber Robert!

ROBERT. Sei still, er hat Genugtuung versprochen. Das wenigstens hab ich erreicht! Er sah, daß ich zu allem entschlossen war. – Da hat er mir beteuert, er werde bis heute Mittel und Wege finden, eine Genugtuung zu schaffen. Ihr selbst würdet damit zufrieden sein. Ich dachte an die Zukunft des unglücklichen Geschöpfes und ließ ihn laufen.

FRAU HEINECKE. Na, *ich* hab mir nichts Schlimmes dabei gedacht.

ROBERT. Du mußtest es kommen sehen. Was dachtest du dir, wenn er sie spät in der Nacht heimgeleitete?

FRAU HEINECKE. Wer schläft, is froh, daß er nich zu denken braucht. Außerdem hatte sie den Hausschlüssel.

ROBERT. Aber du konntest dir nicht verhehlen, daß sie, um an seiner Seite heimzufahren, irgendwo in der Stadt mit ihm zusammengetroffen sein mußte?

FRAU HEINECKE. Na ja. – Ick dachte: Se *jeht* eben mit ihm.

ROBERT. Ich verstehe dich nicht.

FRAU HEINECKE. Se jeht mit ihm.

ROBERT. Du sagtest schon – aber –

FRAU HEINECKE. Wie ein junges Mächen eben mit einen jungen Manne – jeht.

ROBERT. Geht? Wohin geht?

FRAU HEINECKE. Ins Konzert oder ins Bierlakal – wenn's Jeld reicht, auch ins Theater, zur Sommerzeit in den Jrunewald oder nach Treptow! –

ROBERT. Allein?

FRAU HEINECKE. Allein! *(Schnalzt mit der Zunge.)* Ne – mit den jungen Manne! –

ROBERT. Ich wollte sagen: Ohne Begleitung der Eltern?

FRAU HEINECKE. Natirlich! Oder verlangste vielleicht von deine olle Mutter, dat sie auf ihre schwache Benekens hinter des junge Volk herzoddelt?

ROBERT. Hm! Also du wußtest, daß sie mit ihm – ging?

FRAU HEINECKE. Ne. Ich dachte es mir nur.

ROBERT. Und wenn du sie fragtest?

FRAU HEINECKE. Wozu fragen? Das gibt unnütze Rederei. Ein Mächen muß von alleine wissen, was es zu tun hat.

ROBERT. So, so!

FRAU HEINECKE. Aber daß sie – o wer hätte das gedacht! Jeses, wie du zitterst! – Ich muß dir jleich eine warme Stube machen! *(Geht nach hinten zum Ofen.)*

ROBERT *(für sich).* Kein Ausweg! Keine Rettung! Schande – ein Leben lang nichts wie Schande!

FRAU HEINECKE *(zur Küche hin).* Vater, bring die Koaks rein.

(Kniet vor dem Ofen nieder und scharrt Asche heraus.)

ROBERT *(für sich).* Was für eine Art Genugtuung kann er gemeint haben? Eine Heirat? Hahahaha! – und wenn ich mich ehrlich frage, ich weiß nicht einmal, ob ich sie wünschen darf. – Schließlich bleibt mir das Duell! ... Wenn er mich niederknallt, bin ich geborgen. Aber – was wird aus diesen hier?

Zweite Szene

Die Vorigen. Heinecke in zerrissenem Schlafrock, mit großen Filzschuhen an den Füßen, trägt einen Korb Kohlen herein.

HEINECKE *(dumpf).* Guten Morgen.

ROBERT. Guten Morgen, Vater.

HEINECKE *(stumpfsinnig brütend).* Ja, ja.

FRAU HEINECKE. Brumme nich, Vater! Hilf mir Feuer machen!

HEINECKE. Ja, ja! Machen wir also Feuer. *(Sie knien vor dem Ofenloch.)*

ROBERT *(für sich).* Und wenn ich ihn töte? Freilich, das wär Erquickung! Aber die Frage bleibt: Was wird aus diesen hier? Ich fürchte, ich darf mir den Luxus nicht gestatten, so was wie eine Ehre zu haben. *(Aufschreiend.)* Ah, bin ich schmutzig!

HEINECKE. Fehlt dir was, mein Sohn?

FRAU HEINECKE *(leise).* Wegen die Alma! Er is jar nicht ins Bette gewesen.

HEINECKE. Ja, ja, die Alma! Dazu ist man in Ehren jrau geworden! Aber ick hab's stets gesagt: Das Vorderhaus wird uns ins Unglück stürzen.

FRAU HEINECKE. Vater, weine nicht. *(Sie halten sich umschlungen.)*

ROBERT *(für sich).* Daß einem das Herz nicht bricht!

HEINECKE. Ah, ick weene nicht! Ick bin der Herr im Hause! Ick weeß, wat ich zu tun habe! – Armer Krüppel hält auch auf Ehre! Mir soll das passieren? Meine Dochter? Die soll wat erleben! *(Schwingt die Ofenkrücke.)* Meinen Fluch werd ick ihr jeben. Meinen väterlichen Fluch!

FRAU HEINECKE *(welche die Betten aufräumt).* Na, na!

HEINECKE. Ja du! Du verstehst von Ehre jar nischt. *(Schlägt sich auf die Brust.)* Da sitzt nämlich die Ehre. Auf die Straße wer' ick ihr stoßen in Nacht und Nebel hinaus.

ROBERT. Soll sie da ganz verderben, Vater?

FRAU HEINECKE. Laß ihn man reden. Er meint's nich so schlimm.

ROBERT. Willst du nicht nach ihr sehn? Sie fürchtet sich wohl, uns vor die Augen zu treten.

FRAU HEINECKE. Schlafen wird se.

ROBERT. Oh!

FRAU HEINECKE *(geht an die Kammertür).* Alma! *(Keine Antwort.)*

ROBERT. Um Gotteswillen! Man hätte sie nicht allein lassen sollen.

FRAU HEINECKE *(hat die Tür geöffnet).* Wie ick dir sagte, sie schläft.

ROBERT. Sie *kann* schlafen!

FRAU HEINECKE. Wirst du wohl aufstehn, du schlechtes Mädchen?

HEINECKE *(hinter ihr).* Vorwärts, raus, sonst jibt's Wichse!

ROBERT. Vater, Mutter, rasch noch, ehe sie kommt! Nehmt Euch in acht, zu strenge mit ihr zu sein. Das kann sie leicht verstockt machen.

FRAU HEINECKE. Du bist viel klüger, mein Sohn, als deine olle Mutter, aber *das* versteh *ich* besser. Wie ins Korrektionshaus werd ich ihr halten, wenn mir das Herz auch bricht. – Schuhe putzen, Kartoffeln schälen, Stuben ausfegen, Treppe scheuern, allens muß se.

ROBERT. Und wenn sie Euch eines Nachts davonläuft?

HEINECKE. Pah, eingeschlossen wird se! – Schlüssel steck ich in die Tasche! – Wie soll sie da davonloofen?

ROBERT. Bedenkt, sie ist ja halb ein Kind! Und andere tragen mehr Schuld als sie! ... Die eigene Schwester! ... Ah! ... Wenn Ihr strenge sein wollt, so seid es gegen jene Kupplerin ... Ich hoffe, ja, ich kann's von Euch verlangen, daß Ihr Alma ein für allemal dem Einfluß ihrer Schwester entzieht und Augusten, wie ihrem Manne, die Türe weist.

HEINECKE. Sehr richtig! Machen wir reinen Tisch mit die Gesellschaft. Michalski hat mich nu genug geuzt. Da siehst du's, Mutter: Robert muß aus Indien kommen, um es Euch zu sagen. Aber Ihr habt ja kein Herz für mich alten, braven Mann.

ROBERT. Verzeih, Vater! Um dich handelt es sich nicht.

HEINECKE. Janz ejal. – Und Aujuste ist eine Tellerleckerin. Wat sie erraffen kann, sackt se in.

FRAU HEINECKE *(die Schürze vor den Augen).* Aber sie ist *auch* mein Kind, und ich habe alle meine Kinder jleich lieb!

ROBERT. Auch wenn sie deiner Liebe nicht würdig sind, Mutter?

FRAU HEINECKE. Dann erst recht!

ROBERT. Stille!

Dritte Szene

Die Vorigen. Alma.

ALMA *(in weißer Nachtjacke und weißem Unterrock, mit aufgelöstem Haar, erscheint zögernd in der Kammertür und blickt mit scheuen Augen von einem zum andern).*

HEINECKE. Hoho!

FRAU HEINECKE *(die Hände ringend).* Kind, Kind, ist das der Lohn? Hab ick dir nicht dausend jute Lehren gegeben? Ha' ich dir nich gehalten wie eine Prinzessin? Aber jetzt ist's aus damit! Wat stehste da? Hol den Besen! Feg die Stube aus!

ALMA *(schleicht mit abwehrend erhobenem Ellenbogen an ihr vorbei in die Küche).*

HEINECKE *(der aufgeregt im Zimmer auf- und niederstelzt).* Ich bin dein greiser Vater, werd ick ihr sagen, ich hab dir in die Welt gesetzt. – Ja! ein alter, braver Mann bin ick! Bin ick ooch.

ALMA *(erscheint mit Besen und Schaufel in der Küchentür).*

ROBERT *(für sich).* Wie rührend sieht sie aus in ihrer Reue! Und sie – –!

FRAU HEINECKE. Nu, wird's bald?

HEINECKE *(feierlich)*. Alma, meine Tochter, hierher – janz dichte.

ALMA. Bitte, bitte, schlag mich nicht!

HEINECKE. Das ist das wenigste! Ich bin ein alter, braver Mann. Ja! Hier sitzt die Ehre. Weißt du, was ich jetzt jleich werde? – Verfluchen wer' ick dir. Wat sagste nu?

ALMA. Geh – laß mich zufrieden!

HEINECKE. Trotzen willste? Aber du sollst mir kennenlernen. Du!

FRAU HEINECKE. Vater, halte Ruh – Sie soll arbeiten.

HEINECKE. Wat? Ick soll meine ungeratene Dochter nich verfluchen dörfen?

FRAU HEINECKE. Jeh – das kommt ja bloß in den Bichern vor.

HEINECKE. Ha!

ROBERT. Liebe Eltern. *So* geht es nicht weiter. Tut mir's zu Liebe und laßt mich eine Weile mit ihr allein. Zieht Euch unterdessen an, denn ich vermute, es gibt Besuch.

FRAU HEINECKE. Komm, Vater!

HEINECKE. Ick soll meine ungeratene Dochter nich – –! Na warte – *(Frau Heinecke zieht ihn mit sich. Beide ab.)*

Vierte Szene

Robert. Alma.

ROBERT *(für sich)*. Jetzt werd ich erfahren, wer sie ist ... Und was ich zu tun hab. *(Weich.)* Komm zu mir, Schwester.

ALMA. Mutter hat befohlen, ich soll die Stube ausfegen.

ROBERT. Das hat Zeit. *(Nimmt sie bei der Hand. Sie schrickt zurück.)* Brauchst keine Angst zu haben ... Ich werd dich nicht schlagen. Und verfluchen auch nicht ... Du sollst nur wissen, daß du von nun an einen guten Freund hast, der bei dir Wache hält ... treu und nachsichtig.

ALMA. Du bist viel zu gut. – Viel zu gut. – *(Sinkt schluchzend vor ihm nieder.)*

ROBERT. Na, na – nur nicht knien! ... Setz dich auf die Fußbank ... so ... *(setzt sich auf den Sessel)* und richt dich auf, damit ich dir in die Augen sehn kann. *(Versucht ihren Kopf aufzuheben, sie verbirgt ihn widerstrebend in seinem Schoße.)* ... Du willst also nicht? ... So lieg meinetwegen und weine ... Ich werd dich von diesem Platz nicht wegweisen ... Und weinen wirst du noch manchen Tag und manche Nacht, wenn du erst recht begriffen hast, was man aus dir gemacht hat ... Sag mal, das siehst du doch ein, daß dein ganzes künftiges Leben nur der Reue gehören muß?

ALMA. Ja! Das seh ich ein ...

ROBERT *(nimmt ihren Kopf in beide Hände)*. Ja, ja, Schwester, da hat man sich denn in der Fremde ein Glück für dich zurechtgebaut ... Zehn volle Jahre lang ... Und nun werden zwanzig kaum ausreichen, um nur dies Elend vergessen zu machen.

ALMA. In zwanzig Jahren bin ich ja alt.

ROBERT. Alt? – Was tut das? Für uns beide gibt es auch heute keine Jugend mehr!

ALMA. O Gott!

ROBERT *(in Erregung aufspringend)*. Hab keine Furcht. Wir werden zusammenbleiben. Wir werden uns in irgendeinen Winkel verkriechen, wie's gehetzte Tiere machen. Ja, das sind wir ... Man hat uns lustig gehetzt und zerfleischt ... *(Alma sinkt mit dem Gesicht auf den leeren Sitz zurück.)* Siehst du, nur wir einander können uns heilen ... Du mich und ich dich. *(Für sich.)* Wie sie daliegt! Heiliger Gott, mir wird immer klarer, was zu tun ist. – Die Kinderseele, die er in den Schmutz getreten hat, kann er mir nicht wiedergeben, und andere Genugtuung brauch ich nicht! ... Alma!

ALMA *(sich aufrichtend)*. Was?

ROBERT. Du liebst ihn wohl sehr?

ALMA. Wen?

ROBERT. Wen? Jenen!

ALMA. O ja!

ROBERT. Und wenn du ihn ganz verlierst, – fühlst du, daß du dran zugrunde gehen würdest?

ALMA. O nein!

ROBERT. So ist's recht ... Sei hübsch tapfer ... Man lernt vergessen ... Man lernt's ... *(Setzt sich.)* Vor allem wirst du wieder arbeiten. Daß es mit dem Singsang zu Ende ist, versteht sich von selbst. Du hast die Schneiderei gelernt ... Die nimmst du wieder auf. Nur in ein Geschäft gehst du nicht mehr zurück ... Dort gibt es Verführung und schlechtes Beispiel.

ALMA. Ach ja, die Mädchen sind zu schlecht.

ROBERT. Man soll niemand mit Steinen werfen. – Und am wenigsten du! Wohin wir ziehen, weiß ich noch nicht. – Ich bring's nicht über mich, unsere alten Eltern zu verpflanzen, sonst nähm' ich Euch mit mir – ganz egal wohin – bloß weit, weit weg, wo du nur mir gehörst. – Mir und der Arbeit. – Denn das kannst du mir glauben: Ein volles Müdewerden ist schon ein halbes Glücklichsein. – Die Eltern werden natürlich bei uns wohnen. Und du sollst mir helfen, für sie zu sorgen. – Neben der Schneiderarbeit wirst du waschen und kochen. – Wirst sie pflegen und ihre Launen ertragen. Willst du das?

ALMA. Wenn du willst.

ROBERT. Nein, du mußt wollen. – Mit freudigem Herzen. Sonst ist kein Segen dabei. – Ich frag dich noch einmal: Willst du?

ALMA. Ja. – Von morgen ab will ich alles. –

ROBERT. So ist's recht. – Aber warum erst von morgen ab und nicht schon heute?

ALMA. Weil ich heute noch –

ROBERT. Was denn?

ALMA. Ach bitte, bitte!

ROBERT *(freundlich)*. Heraus damit!

ALMA. Ich möchte – heute noch – gar zu gerne – auf den Maskenball gehen.

(Langes Schweigen. Stummes Spiel ... Er steht auf und geht im Zimmer auf und nieder.)

ALMA *(aufstehend).* Ja, darf ich?

ROBERT. Rufe die Eltern! –

ALMA. Also ich darf nicht? *(Weinerlich.)* Nicht einmal das? Nicht einmal zum Abschied soll man ein kleines Vergnügen haben?

ROBERT. Weißt du, was du sprichst? Du – – –

ALMA *(trotzig).* Ich weiß janz jut, was ich spreche ... Ja, bin jar nicht so dumm! Ich kenn das menschliche Leben ... Warum *haste* dich so? ... Ist das nicht ein Unsinn, daß man hier sitzen soll wegen jar nicht? – Kein' Sonn', kein Mond scheint rin in so 'nen Hof. – Und rings um einen klatschen se und schimpfen! ... Und keiner versteht was von Bildung ... Und Vater schimpft und Mutter schimpft ... Und man näht sich die Finger blutig! ... Und kriegt fünfzig Pfennig pro Tag ... Das reicht noch nicht mal zu's Petroleum ... Und man ist jung und hübsch! ... Und möcht jern lustig sein und hübsch angezogen jehn ... Und möchte gern in andre Sphären kommen ... Denn ich war immer fürs Höhere ... Ja, das war ich ... Ich hab immer gern in de Bücher gelesen ... Und wegen's Heiraten! Ach, du lieber Gott, wen denn? – So einen Plebejer, wie sie da hinten in de Fabrik arbeiten, will ich jar nich ... Der versäuft doch bloß den Lohn und schlägt einen ... Ich will einen feinen Mann, und wenn ich den nicht kriegen kann, will ich lieber jar keinen ... Und Curt ist immer fein zu mir gewesen ... Da hab ich keine ruppigen Worte gelernt ... Die hab ich hier im Haus gelernt. Und ich will raus hier. Ich brauch dich überhaupt nicht mit deine Wachsamkeit ... Mädchen, wie ich, jeht nich unter!

ROBERT *(will auf sie los, besinnt sich aber).* Rufe die Eltern!

ALMA. Und jetzt frag ich Vatern, ob ich nicht ... *(Da er drohend auf sie zustürzt.)* Ja, ja, ich geh schon! *(Ab.)*

ROBERT *(allein).* So. – Also das ist sie! Ah, was für ein weichlicher Narr ich war! ... Fing schon an, mir diese Gemeinheit mit Wehmut und Poesie zu überzuckern. – Das kann Verführung nicht! ... Das hat im Blut gelegen. So, jetzt heißt's handeln. Pietätlos – roh, meinetwegen. – Sonst ist alles verloren! –

Fünfte Szene

Robert. Heinecke. Frau Heinecke. Alma.

FRAU HEINECKE *(Alma vor sich herschiebend).*

HEINECKE *(mit vollen Backen).* Diese Unverschämtheit!

FRAU HEINECKE. Maskenbälle kosten Jeld. Jetzt wird ze Hause geblieben.

HEINECKE. Hast du meinen Fluch verdient oder nich? Ick verfluch dir doch noch mal, du Kröte!

ROBERT. Alma, geh hinaus. Ich habe mit den Eltern zu reden.

FRAU HEINECKE. Und schlampe nich so rum ... Zieh dir ein Kleid über. Das Jraue mit de Flicken.

ALMA. Das Olle?

HEINECKE. Raus!

FRAU HEINECKE. Und daß du mir keinen Kaffee trinkst. Na, na, heule nich! *(Leise.)* Er steht auf 'n Herd! *(Alma ab.)*

Sechste Szene

Heinecke. Frau Heinecke. Robert.

ROBERT. Vater, Mutter – seid mir nicht böse – Ich muß Euch – in Euerm Leben muß – und wird – eine große Umgestaltung vor sich gehn.

HEINECKE. Was is los?

ROBERT. Ich habe mich überzeugt, daß Alma rettungslos

verderben muß, wenn sie nicht in Verhältnisse gebracht wird – die nicht einmal die Möglichkeit zu einer Rückkehr in ihr bisheriges Leben gestatten. – Aber was soll aus Euch werden? – Allein dürft Ihr hier nicht bleiben ... Sonst würdet Ihr der Gier der Michalskis zum Opfer fallen. – Kurz und gut ... Ihr müßt mit mir gehn ...

FRAU HEINECKE *(entsetzt)*. Nach Indien?

ROBERT. Ganz egal, wohin. Vielleicht auch nach Indien. Der Einfluß Trasts reicht weit. Wir sind in der Lage, wählen zu können.

HEINECKE *(trotzig)*. Wenn schon, denn jleich nach Indien.

FRAU HEINECKE. Mir geht der Kopf auseinander.

ROBERT. Es wird Euch schwer ... Ich seh ja das ein. Aber verzagt nicht. Es scheint nur so schlimm. Man lebt in den Tropen tausendmal bequemer, als daheim. Ihr werdet Diener haben, so viel Ihr wollt.

HEINECKE. Potz Dausend.

ROBERT. Und Euer eigenes Haus!

HEINECKE. Und Palmen?

ROBERT. Mehr als Ihr brauchen könnt.

FRAU HEINECKE. Und die schönsten Siedfrüchte pflückt man sich von de Bäume?

ROBERT. Man läßt sie sich pflücken.

FRAU HEINECKE. Und kosten nischt?

ROBERT. So viel wie nichts.

HEINECKE. Und die Popejeien fliegen so rum? Und die Affen – Wie im Zoolog'schen?

ROBERT. Also Ihr willigt ein?

FRAU HEINECKE. Wenn du meinst, Vater?

HEINECKE. Na, also meinetwegen – wir kommen mit!

ROBERT. Ich dank Euch! – Ich dank Euch! *(Beiseite.)* Gott sei gelobt, daß ich sie nicht zu zwingen brauchte! *(Laut.)* Und nun keine Zeit verloren! Wo ist Feder und Papier? *(Heinecke kratzt nachdenklich den Kopf.)*

FRAU HEINECKE. Alma hat sie wohl! *(Sie geht in die Kammer.)*

HEINECKE. Natürlich. Die schreibt ja immerzu Briefe. *(Schließt die Ofentür.)*

ROBERT *(für sich, mit einem Seufzer der Erleichterung).* Ah! – Nun bin ich doppelt begierig auf die Genugtuung, die er anbieten wird, und die ich – ablehnen werde. – Ablehnen, wie das Duell. – Sie werden mich feige und ehrlos schelten! Ach, was! Ich brauche ihre Ehre nicht, ich habe den Meinen Brot zu schaffen.

FRAU HEINECKE *(zurückkehrend).* Auf 'n Tisch ist alles zurechtgelegt. – Oder willst du hier –?

ROBERT. Nein, nein! Dort bin ich ungestört!

FRAU HEINECKE. Du siehst müde aus. Du solltest ein Stündken ruhen.

ROBERT *(schüttelt den Kopf).* Wenn Herr Mühlingk junior Nachricht sendet – oder sich selbst bemüht, so ruft mich. *(Ab.)*

Siebente Szene

Heinecke. Frau Heinecke.

FRAU HEINECKE *(auf einen Stuhl sinkend).* Nach Indien!

HEINECKE. Uns alte brave Leute rund um die Erdkugel zu schleppen.

FRAU HEINECKE *(zum Fenster zeigend).* Herr Jeses!

HEINECKE. Was jibt's?

FRAU HEINECKE. Michalskis.

HEINECKE. Was? Die! *(Knöpft den Rock zu.)* Die sollen mir kommen.
(Es klopft.)

BEIDE *(leise).* Herein!

Achte Szene

Die Vorigen. Auguste. Michalski mit einem Päckchen.

MICHALSKI. Morgen!

FRAU HEINECKE. Pst!

HEINECKE *(mit der Faust drohend).* Ihr seid mir! – Macht, daß Ihr raus kommt!

AUGUSTE *(setzt sich).* Es ist recht frisch heute früh.

MICHALSKI *(setzt sich und wickelt eine Flasche aus).* Hier den Likör ha' ick dir mitgebracht. – Was Extrafeines – Hol mal den Proppenzieher.

FRAU HEINECKE. Ein anderes Mal! Wir sollen Euch ja vor de Türe setzen.

AUGUSTE. Wer sagt das?

FRAU HEINECKE. Pst! Robert!

AUGUSTE. Was? In Eurem eigenen Hause laßt Ihr Euch Vorschriften machen?

HEINECKE *(leise).* Pst! Er sitzt ja in de Kammer.

AUGUSTE *(mitleidig).* Der arme Vater. Er zittert vor Angst.

MICHALSKI. Olle, brave Leute so in Angst zu setzen. Der Schuft!

FRAU HEINECKE. Er ist kein Schuft! Er is ein jutes Kind und sorgt für uns.

HEINECKE. Wenn er uns ooch nach Indien schleppen will.

BEIDE. Wa? Wohin!

FRAU HEINECKE. Nach Indien!

AUGUSTE. Warum denn?

FRAU HEINECKE. Bloß, weil die Alma hat uf'n Maskenball jehen jewollt.

MICHALSKI. Verrückt!

FRAU HEINECKE. Seine paar Möbel, die einem das Heim so freundlich gemacht haben, muß man elendig im Stiche lassen.

AUGUSTE *(sentimental).* Und mir Ärmste laßt Ihr nu ooch im Stiche! Werdet Ihr sie verkaufen?

FRAU HEINECKE. Die Möbel? – *(Auguste nickt.)* Wir müssen!

AUGUSTE. Auch den Spiegel und die Fauteuils? *(Frau Heinecke bejaht. – In Rührung.)* Ich an Eure Stelle, anstatt sie für ein Butterbrot zu verschleudern, würde sie Eurer einsam zurückbleibenden Tochter zum Andenken jeben. Da wäret Ihr doch sicher, daß man sie in Ehren hielte.

FRAU HEINECKE *(mißt sie mit mißtrauischem Blicke, dann heimlich zum Alten)*. Vater, se will schon die Fotölchs.

AUGUSTE *(einlenkend)*. Oder, wenn Ihr sie doch verkaufen wollt, so sind wir immer diejenigen, die Euch die höchsten Preise zahlen. Damit's in de Familie bleibt.

HEINECKE. Aber noch sind wir nicht weg!

MICHALSKI. Ich an Eurer Stelle –

FRAU HEINECKE. Wat sollen wir tun? Wir sind nu janz von ihm abhängig. Wenn er befiehlt, müssen wir folgen, oder sollen wir Euch zur Last liegen?

AUGUSTE. Wir haben alleine nich das Sattessen.

(Es klopft.)

Neunte Szene

Die Vorigen. Der Kommerzienrat.

ALLE *(fahren erschrocken durcheinander)*.

MÜHLINGK. Guten Tag, lieben Leute. Ist Ihr Sohn zugegen?

HEINECKE *(devot)*. Ja woll!

FRAU HEINECKE *(öffnet die Tür)*. Robert! *(Zärtlich.)* Liebes Jotteken, er ist auf 'n Stuhle eingeschlafen ... hat nämlich kein Auge geschlossen diese Nacht ... Robertchen, der Herr Kommerzienrat! ... Schläft janz fest.

MÜHLINGK *(freundlich)*. So? ... Um so besser! – Wecken Sie ihn nicht!

HEINECKE. Mach die Düre zu!

FRAU HEINECKE *(leise)*. Aber hat er nicht gesagt – –

HEINECKE. Wenn der *junge* Herr Mühlingk kommt, hat er gesagt – *(Schließt leise die Tür.)*

AUGUSTE *(zu Michalski, mit der Gebärde des Geldzählens).* Paß mal uf!

MÜHLINGK *(der sich in der Stube umgeschaut hat).* Das sieht ja recht wohlhabend hier aus, lieben Leute!

HEINECKE *(mit Würde).* Belieben der Herr Kommerzienrat Platz zu nehmen auf diesen Fotölch?

MÜHLINGK. Ei ei, lauter Seide?

FRAU HEINECKE. Ja, es is lauter Seide.

MÜHLINGK. Wohl ein liebes Geschenk?

FRAU HEINECKE *(zögernd).* Sozusagen!

MÜHLINGK *(harmlos).* Von meinem Sohne?

HEINECKE. Ja wohl!
FRAU HEINECKE. Pst!

MÜHLINGK *(beiseite).* Schlingel! *(Laut.)* Beiläufig: Ihr lieber Sohn hat sich nicht gerade gebührlich gegen den meinen benommen. Offen gesagt: Ich hatte anderen Dank erwartet! Sie können ihm mitteilen, daß er entlassen ist, und daß ich bis vier Uhr nachmittags seine Abrechnung erwarte.

FRAU HEINECKE. Das wird ihm aber leid tun!

HEINECKE. Er hat den Herrn Kommerzienrat geliebt wie seinen eigenen Vater.

MÜHLINGK. So? Das freut mich. – Doch deshalb kam ich nicht, lieben Leute. Sie haben eine Tochter.

AUGUSTE *(sich vordrängend).* Ufzuwarten!

MÜHLINGK. Womit kann ich dienen?

AUGUSTE *(devot).* Ick bin die Dochter!

MÜHLINGK. So? – Sehr brav – sehr brav! Aber Sie mein ich nicht. Das Fräulein heißt Alma!

FRAU HEINECKE. Janz richtig. Und ohne zu lügen, sie ist ein hübsches Mächen!

HEINECKE. Und talentvoll! Wir lassen sie für den Jesang ausbilden.

MÜHLINGK. Ah! Es ist immer erhebend zu sehn, wenn Kinder ihren Eltern Freude machen. Nur eins will mir nicht gefallen: Ihre liebe Tochter hat den Aufenthalt, den ich Ihnen seit siebzehn Jahren in meinem Hause gewähre, dazu benutzt, um mit meinem Sohne zarte Beziehungen anzuknüpfen. Offen gesagt: Ich hatte andern Dank erwartet.

FRAU HEINECKE. Aber Herr Kommerzienrat.

MÜHLINGK. Um jedes Verhältnis zwischen Ihrem Hause und dem meinen aus der Welt zu schaffen, biete ich Ihnen ein Abstandsgeld, das Sie, mein wackerer Herr Heinecke, mit Ihrer Tochter Alma zu teilen haben würden, dergestalt, daß die eine Hälfte ihr als Heiratsgut zufällt, sobald sich jemand findet, der – *(lächelt diskret.)* Nun, Sie verstehn mich wohl. Bis dahin würde die Nutznießung des Ganzen Ihnen verbleiben. Sind Sie einverstanden?

AUGUSTE *(leise hinter ihm)*. Sag ja – ja.

HEINECKE. Ich – ich –

MÜHLINGK. Ich habe die Summe ungewöhnlich hoch bemessen, um ein unbedachtes Versprechen einzulösen, das Ihr lieber Sohn gestern dem meinigen abzunötigen wußte ... Sie beläuft sich auf *(zögert und schluckt)* fünfzigtausend Mark.

HEINECKE *(mit einem Aufschrei)*. Jesus, Herr Kommerzienrat, ist das Ihr Ernst?

FRAU HEINECKE. Mir wird schwach! *(Sinkt in einen Stuhl, von Auguste unterstützt.)*

MÜHLINGK *(beiseite)*. Ich habe zu hoch taxiert! *(Laut.)* Ich frage Sie noch einmal, sind Sie mit vierzigtausend Mark zufrieden?

MICHALSKI. Ich denke, es waren –

AUGUSTE *(ihn stoßend, leise)*. Sag ja – rasch – sonst zieht er noch mehr ab!

HEINECKE. Ich kann's nicht glauben, Herr Kommerzienrat. Auch diese vierzig! So ville Jeld jibt's nicht ... Das ist Unsinn. Zeigen Sie mir das Jeld!

MÜHLINGK. Es liegt an der Kasse für Sie angewiesen.

HEINECKE. Und der Herr Kassierer wird nicht sagen: Setzt den alten Kerl vor die Düre – er ist übergeschnappt. – Oh, er kann recht eklig sind gegen uns arme Leute, der Herr Kassierer.

MÜHLINGK *(hat ein Scheckbuch hervorgezogen, schreibt eine Ziffer und reißt das oberste Blatt ab, das er Heinecke überreicht. Alle studieren eifrig den Schein).*

HEINECKE. Vierzigdausend! Immer noch furchtbar nobel ... Herr Kommerzienrat! Geben Sie mir Ihre Hand.

MÜHLINGK *(steckt die Hand in die Tasche).* Noch eins: Morgen abend wird ein Möbelwagen vor Ihrer Türe halten, und zwei Stunden später werden Sie freundlichst meinen Grund und Boden verlassen haben. Hernach hör ich wohl nichts mehr von Ihnen. –

HEINECKE. Sagen Sie das nich, Herr Kommerzienrat! Wenn Ihnen der Besuch eines alten, braven Mannes nicht lästig fällt, so mach ich mir manchmal das Vergnügen. Ja, ein alter, braver Mann, das bin ich!

MÜHLINGK. Natürlich! Adieu, liebe Leute! *(Beiseite.)* Pfui! *(Ab.)*

Zehnte Szene

Heinecke. Frau Heinecke. Auguste. Michalski.

HEINECKE. Mutter! Vierzigdausend! *(Michalski will ihn umarmen.)* Drei Schritt vom Leibe, mein Sohn! *(Sucht in den Taschen, findet ein Schnupftuch, breitet es auf dem Knie aus, legt den Schein hinein, faltet das Tuch sorgfältig darüber und steckt es in die Brusttasche.)* So, jetzt kannste zärtlich sein!

FRAU HEINECKE. Mir ist weh vor Freuden! *(Sie umarmen sich weinend.)* Wenn ick bedenke: Ich brauch nu nich mehr ohne Jeld uf'n Marcht zu gehen, und wenn mir friert, kann ich nachmittags ohne schlechtes Gewissen noch einmal einheizen – düchtig! – Und abends essen wir kalten Uffschnitt.

HEINECKE. Und ick kann Pferdebahn fahren, so viel ick will.

MICHALSKI. Genau vierhundertdausend Mal à zehn Pfennige.

FRAU HEINECKE. Und das Kanapee schenkst du mir ooch!

AUGUSTE. Nach Indien geht Ihr aber nu nich?

FRAU HEINECKE. Um Jesuwillen!

HEINECKE. Bist wohl doll!

AUGUSTE. Und wat werden Herr Robert denn dazu sagen?

FRAU HEINECKE *(freudig)*. Ja, Robert! *(Will zur Kammertür.)*

AUGUSTE *(hält sie zurück)*. Ick rate dir, laß ihn schlafen. Der erfährt's zeitig genug.

FRAU HEINECKE *(erschrocken)*. Wie meinste das?

HEINECKE *(zupft seine Frau am Rockschoß, zeigt nach der Küchentür)*. Aber die da! ... He he!

FRAU HEINECKE. Das arme, liebe Kind!

HEINECKE *(geheimnisvoll)*. Wir woll'n se iberraschen. – Pscht!

ALLE *(schleichen auf Zehenspitzen zur Küchentür)*.

HEINECKE *(der vorangeht, stößt die Tür auf – ein Schrei ertönt. – Heinecke verdutzt, fährt zurück)*. Nanu? – Mutter, wat's nanu?

FRAU HEINECKE *(schlägt die Hände über dem Kopf zusammen)*. Herr Jeses!

MICHALSKI *(ihnen über die Schulter sehend)*. Potz – Deibel!

HEINECKE *(mit angenommener Strenge)*. Nu kommste mal her!

ALMAS STIMME *(ängstlich)*. Ach bitte – nein!

HEINECKE. Wird's bald?

Elfte Szene

Die Vorigen. Alma.

ALMA *(erscheint in indischem Prachtkostüm, die Hände schamhaft vors Gesicht geschlagen. Alle laufen mit verstecktem Lachen und Ausrufen der Bewunderung um sie herum. Auguste befühlt den Stoff)*.

AUGUSTE. Das indische Kleed!

MICHALSKI. Von die splitternacktigte Prinzessin.

ALMA. Ich – hab's – bloß – anprobieren wollen. – Ich werd's – gleich ausziehn.

FRAU HEINECKE *(sie vorsichtig herzend).* Ach, Jotte – wie so'n Engelken!

ALMA. Ihr seid mir nicht mehr böse?

HEINECKE. Beese? *(Sich besinnend, strenge.)* Das heißt eigentlich sehr. Aber wir wollen noch eenmal Jnade vor Recht ergehn lassen. *(Sich umwendend.)* Das hab ich fein gemacht? Was?

FRAU HEINECKE *(streichelt ihre Locken und führt sie nach rechts).* Komm! Setz dir nieder! Nein, hier auf'n Fotölch!

ALMA. Auf dem – – Was ist geschehn? –

HEINECKE. Hehe! *(Alle setzen sich um sie herum.)*

ALMA. Und darf ich heute auf den Maskenball?

HEINECKE. Ja, du darfst auf den Maskenball!

AUGUSTE *(ironisch).* Das arme Kind!

HEINECKE *(aufspringend).* Ick muß mal sofort uf die Kasse!

MICHALSKI *(der die Likörflasche aufkorkt).* Warte! Ein Glück will angefeuchtet sind, damit es kleben bleibt. Alma, hole Gläser!

FRAU HEINECKE *(aufspringend).* Laß das liebe Kind sitzen. Das besorg ich! *(Geht zum Wäscheschränkchen und holt ein Gestelle mit Likörgläsern. Zu Auguste.)* Was meintest du vorhin mit Robert? –

AUGUSTE. Wirst schon sehn!

FRAU HEINECKE. Er kann doch uns armen, alten Leuten unser bisken Glück nich mißgönnen? –

MICHALSKI *(singt, das Glas erhebend).* So leben wir, so leben wir –

FRAU HEINECKE. Still! Um Gotteswillen!

(In der Kammer poltert ein Stuhl.)

MICHALSKI. Meine Herrschaften, Fräulein Alma Heinecke, unser Glückskind, und vor allem das Haus, das sich immerhin nobel erwiesen hat –

HEINECKE. Das Haus Mühlingk soll leben, hoch!

Zwölfte Szene

Die Vorigen. Robert erscheint in der Kammertür. (Alle wiederholen das Hoch zweimal.)

FRAU HEINECKE *(erschrocken).* Da is er!
(Verlegenes Schweigen.)

MICHALSKI *(frech).* N' Morgen, Schwager!

ROBERT. Willst du mir nicht erklären, Mutter, wie kommen diese beiden Leute dazu, sich an unsern ehrlichen Tisch zu setzen?

MICHALSKI. Oho!

HEINECKE. Sei nich so ungemietlich!

FRAU HEINECKE *(geht zu ihm nach links).* Robertchen, der Mensch soll nich stolz sein, am wenigsten gegen sein Fleisch und Blut.

ROBERT. Hm – Alma, was ist das? Wer hat dir gestattet –

HEINECKE. Und damit du's weißt: Auf Indien mach dir keene Hoffnungen. Ich zieh es vor, meine Jelder in Deutschland zu verzehren.

ROBERT *(fassungslos).* Was ist hier vorgegangen?

FRAU HEINECKE. Rede du, Vater, denn dir ist der Schein gegeben worden.

ROBERT. Welcher Schein?

HEINECKE *(sich in Positur setzend).* Mein Sohn! – Man sieht es manchem Mann nich an, was er is ... Er trägt es gewissermaßen in sich ... Darum soll man Achtung vor ihm haben, denn man kann nie wissen, was unter so einem schlichten Rocke verborgen ist ... Biberpelze kann jeder tragen.

ROBERT. Willst du mir nun endlich erklären – –

HEINECKE. Erklären? – Wat is da viel zu erklären ... Sieh mir nich so an. Wat sieht er mir so an, Mutter ...? Das brauch ich mir nicht mehr gefallen zu lassen ...

FRAU HEINECKE. Nu rede doch schon.

HEINECKE. Also, wie gesagt, janz einfach: der Kommerzienrat war hier.

ROBERT. Der – – Warum habt Ihr mich nicht geweckt?

HEINECKE. So? ... Erstens: Weil's nicht der junge Herr Mühlingk war. Wenn *dein* Freund kommt, kannst du ihn ja in Empfang nehmen. Der *alte* Herr ist mein Freund ... Wir haben versprochen, uns künftig zu besuchen ... Und zweitens: Weil ick mir von meinen Sohne keine Vorschriften machen lasse ... Jetzt ist's aus damit! ... Verstanden?

FRAU HEINECKE. Aber Vater!

HEINECKE. Komm mir nich zu nahe, wenn ich meinem Sohne väterliche Ermahnungen gebe. Ick lasse jetzt nich mehr mit mir spaßen. –

MICHALSKI *(hinter ihm).* So ist's recht!

ROBERT. War von Alma die Rede?

HEINECKE. Erstens war von dir die Rede. Du bist aus seinen Dienst entlassen – wegen ungebührlichen Benehmens. Offen gesagt, ich hatte andern Dank erwartet.

ROBERT. Du?

HEINECKE *(strenge).* Ja, ich, dein alter, braver Vater ... Mir ist es nicht ejal, wenn meine Söhne als stellenlose Commis in de Welt rumloofen. Und bis vier Uhr nachmittags sollst du ihm die Abrechnung schicken, sonst jeht's dir schlecht!

ROBERT *(will auffahren, bezwingt sich aber).* Sprechen wir von Alma! Hat er uns Genugtuung angeboten? –

HEINECKE. Natürlich! Vollständigste!

ROBERT *(zögernd, wie einer, der fühlt, daß er eine Dummheit sagt).* Also – die Heirat?

HEINECKE. Welche Heirat?

ROBERT. Zwischen seinem Sohne – und –

HEINECKE. Bist wohl doll!

ROBERT *(auffahrend, angstvoll).* Was sonst?

HEINECKE *(schlau, leise, nach seinem Ohre hin).* Volle 40 000 Mark! *(Laut.)* Nobel – was?

ROBERT *(mit gellendem Aufschrei).* Geld?

FRAU HEINECKE *(erschrocken).* Jesus, ich hab's mir gedacht!

ROBERT. Geld!

HEINECKE. Jawohl! Hier steckt's! So gut wie bar.

ROBERT. Wie? Du hast es genommen?

HEINECKE *(verwundert)*. Na?

ROBERT. Er bot dir Geld an und du nahmst es? *(Er dringt, außer sich, auf ihn zu.)*

MICHALSKI *(springt dazwischen)*. Ich rate dir, laß den alten Mann zufrieden.

ROBERT *(taumelt zurück, ohne ihn zu beachten)*. Mutter! Ihr nahmt?

FRAU HEINECKE *(die Hände faltend)*. Wir sind arme Leute, mein Sohn!

(Robert sinkt mit verzweifeltem Lachen in den Arbeitsschemel. Michalski und Auguste um den Alten beschäftigt. Alma sitzt lächelnd, mit gefalteten Händen in dem Sessel.)

FRAU HEINECKE *(beiseite)*. Jott steh ihm bei! Es ist nicht richtig bei ihm! *(Legt die Hand auf seine Schulter.)* Mein Sohn, nimm eine jute Lehre an von deine alte Mutter: Man soll sein Jlück nicht mit Füßen treten, denn Hoffart stirbt auf dem Stroh!

ROBERT. Das wäre nicht das Schlimmste, Mutter! ... Auf dem Stroh ... am Grabenrand will ich sterben ... Verrekken will ich, wie ein Hund! – Nur gebt das Geld zurück! ... Seht mal, ich will ganz ruhig, ganz vernünftig mit Euch reden. – Ich will Euch an den zehn Fingern beweisen, daß Ihr es tun müßt. – Jene haben uns in Schande gebracht. – Gut. – Aber wir waren ohne Schuld. – Wir brauchten uns vor niemandem zu schämen. – Man kann mir meine Ehre stehlen, wie man mir mein Portemonnaie stiehlt. – Dagegen ist man wehrlos. – Aber wenn wir uns unser bißchen Ehre bezahlen lassen – mit barem Geld – dann sind wir ehrlos gewesen von jeher. Und dann geschieht uns recht – *(Heinecke dreht sich nach Michalski um, der zeigt mit dem Finger nach der Stirn)*. Mein Gott, ich seh ja alles ein. – Ich mach Euch keine Vorwürfe. Wahrhaftig nicht. – Ihr seid arm und wart es von jeher. –

So ein elendes Stück Leben, das nichts ist wie Angst ums tägliche Brot, macht Einsicht und Würde zuschanden. Und nun laßt Ihr Euch durch das bißchen Gold verblenden. – Aber das glaubt mir, Freude werdet Ihr nie daran haben. – Nichts wird Euch bleiben, wie der Ekel. – *(Würgend.)* Ach, der Ekel! – Man erstickt ja darin! –

FRAU HEINECKE. Einem wird janz kalt bei diesem Gerede.

HEINECKE. So is mein Sohn!

ROBERT. Und glaubt doch nicht, daß es Euer Schade sein wird, wenn Ihr mir folgt. Seht mich an. Ich hab doch was gelernt, nicht wahr? ... Ich bin doch gesund, nicht wahr? ... Ich bin doch nicht verwahrlost, nicht wahr? Die paar Jahre, die Euch noch zu leben übrigbleiben, könnt Ihr mir doch ruhig anvertrauen, nicht wahr? Seht, ich will ja nichts, wie für Euch arbeiten! ... Reich will ich Euch machen! ... Reich! ... Ihr könnt mit mir tun, was Ihr wollt. Euer Sklave, Euer Packesel will ich sein. Aber gebt das Geld zurück!

HEINECKE. Das ist allens janz schön und jut. Aber die Taube in de Hand ist mir lieber, als ... Wollt' ich sagen ...

MICHALSKI. Stimmt schon, Vater.

HEINECKE. Wahrhaftig, et stimmt! ... Also, mein Sohn, geh du hübsch auf die Sperlingsjagd, ick behalte meine Taube und werde ihr gleich versilbern jehn!

MICHALSKI. Bravo!

ROBERT. Und du, Mutter? ... *(Sie wendet sich ab.)* Auch du! ... Mein Gott, was kann ich noch? .. Alma, es handelt sich um dich! ... Ich will dir alles abbitten! Aber hilf du mir! *(Ergreift sie bei der Hand, sie sträubt sich, er zieht sie nach der Mitte).* Du hast dich verschenkt! Meinetwegen denn! ... Mag das dein Recht sein. Aber du verkaufst dich nicht! ... Deine Liebe ist nicht dazu da, daß man damit auf die Märkte fährt! Alma, sag ihnen das!

ALMA *(trotzig).* Laß mich los!

AUGUSTE. Er bricht dem Kinde die Arme entzwee.

ALMA. Du hast mir gar nichts mehr zu sagen! *(Macht sich los.)*

ROBERT. Schwester!

ALMA. Und auf den Maskenball geh ich doch! Frag nur die Mutter!

ROBERT. Mutter?

FRAU HEINECKE. Warum soll das arme Kind nicht auch einmal ein kleines Vergnügen haben?

ROBERT *(vernichtet)*. Also so weit sind wir!

MICHALSKI *(sich in den Sessel setzend, höhnisch)*. Ja, so weit sind wir.

ROBERT. Ah, du Kuppler. Auf von deinem Sitz. *(Da Michalski sich nicht rührt, packt er den Sessel an der Lehne.)* Auf, sag ich! Und hinaus mit dir! Hinaus Ihr alle beiden!

MICHALSKI *(auf ihn eindringend)*. Nu wird's mir aber zu bunt!

ROBERT *(der den Sessel gepackt hält)*. Wag's, dich an mir zu vergreifen!

FRAU HEINECKE *(wirft sich dazwischen)*. Du wirst mir noch den Fotölch zerschlagen.

ROBERT. Der kommt ja wohl aus dem Vorderhause, da Ihr ihn so in Ehren haltet?

FRAU HEINECKE. Natürlich!

ROBERT. Von dem lieben Herrn Curt? Nicht wahr?

FRAU HEINECKE. Nu ja doch!

ROBERT *(mit wildem Lachen)*. Da habt Ihr ihn! *(Stößt ihn auf den Fußboden, daß er zerschellt, wirft ihnen die Trümmer vor die Füße.)*

FRAU HEINECKE *(weinend)*. Mein schöner Fotölch! *(Kniet nieder und sammelt die Stücke, die sie nach links hinüberträgt. Dann sinkt sie auf den Schemel.)*

HEINECKE. Nu wird's mir aber zu ungemietlich! *(Will rechts hinaus.)*

ROBERT *(verlegt ihm den Weg)*. Gibst du den Sündenlohn zurück? Ja oder nein?

HEINECKE. Fällt mir nicht ein!

ROBERT. Dann bin ich fertig mit dir! Und auch mit dir, Mutter ... Da ist man also in die Welt gesetzt worden und hat die Ehrlosigkeit gleich mitbekommen wie ein Muttermal. Nun gut! ... Wenn ich durchaus geschaffen werden mußte, warum ließt Ihr mich nicht in dem Kote, in den ich hineingehöre? ... In dem ich mich wälzen *muß* mein lebelang, weil meine werte Familie es so verlangt?

AUGUSTE. Hörst du, Mutter! – Das war ja immer dein Lieblingskind.

ROBERT. Nein, Mutter, hör nicht! *(Neben ihr auf den Knieen.)* Ich habe nichts gesagt ... Wenn ich was sagte, war es Wahnsinn! Mir ist, als lös ich mich heute los von allem, was menschlich und natürlich ist. Mutter, erbarm dich ... Du kannst mich und dich retten! Komm mit mir mit! ...

FRAU HEINECKE *(schluchzend).* Willst du mir in deine blinde Wut nicht auch den Spiegel zerschlagen? –

ROBERT *(sendet einen irren Blick nach dem Spiegel hin, dann sich erhebend).* Wir reden zwei Sprachen ... Wir verstehen uns nicht ...

MICHALSKI *(der leise mit dem Alten verhandelt hat, packt ihn an der Schulter).* Nu haste genug spektakelt ... Nu mach, daß du raus kommst.

ROBERT *(stößt ihn von sich).* Zurück! *(Sieht den Alten und die Schwestern, die ihn mit zornigen Rufen umringen, bricht in gellendes Lachen aus.)* Ach so, man wirft mich hinaus!

MICHALSKI *(öffnet weit die Tür).* Raus!

Dreizehnte Szene

Die Vorigen. Graf Trast steht auf der Schwelle.

TRAST *(Michalski auf die Schulter klopfend).* Danke ergebenst für freundlichen Empfang!

ROBERT *(ihn erkennend, stößt einen Schrei aus und streckt beide Arme abwehrend gegen ihn aus).* Was willst *du* hier? ... Hier ist eine Spelunke! ... Weißt du, wer wir sind? ... Wir verkaufen uns! ... Haha ... Sieh mich nicht an ... Das ertrag ich nicht! *(Verbirgt ächzend das Gesicht in den Händen.)*

(Alma hat sofort bei Trasts Erscheinen voll Scham das Weite gesucht. Michalski und Auguste schleichen, von ihm fixiert, hinter ihr drein in die Küche.)

TRAST. Ermanne dich! Was ist geschehen?

HEINECKE *(die Mütze in der Hand).* Er hat sich ungebührlich benommen, Herr Jraf! Erscht hat er uns nach Indien schleppen wollen. Dann sollten wir das Jeld nich nehmen ... Und nu jeh ich jrad nach de Kasse. – Volle vierzigdausend Mark, Herr Jraf. Habe die Ehre, Herr Jraf! *(Ab nach rechts.)*

Vierzehnte Szene

Trast. Robert. Frau Heinecke.

TRAST. So, so. Ich verstehe! *(Legt die Hand auf Roberts Achsel.)* War etwa Herr Mühlingk hier?

ROBERT. Mensch, das lohne dir Gott ... *Den* Namen brauchte ich!

TRAST. Was hast du vor?

ROBERT. Man verlangt Abrechnung von mir. Man soll sie haben. *(Eilt nach hinten zum Koffer, den er öffnet und in dem er fieberhaft zu wühlen beginnt.)*

FRAU HEINECKE *(weinend).* Danken Sie Gott, daß Sie unverheiratet sind, Herr Jraf. Es gibt recht undankbare Söhne.

TRAST *(für sich).* Einfalt, du sprichst wie eine Mutter! ... *(Sich besinnend.)* Pfui, Trast, das war nicht schön.

FRAU HEINECKE. Hab ich nich recht?

TRAST *(ergreift mit seinen beiden Händen die ihre).* Eine

Mutter hat immer recht. Sie hat zuviel gelitten und geliebt, als daß es anders sein könnte. *(Nimmt ihre Hand.)*

FRAU HEINECKE. Aber Herr Jraf, mir einfache Frau jeben Sie die Hand?

TRAST. Ich hab mich an den Müttern versündigt und muß ihnen Abbitte tun. Nicht zum mindesten der meinigen. Es gibt nämlich noch schlechtere Söhne, als *der* dort, liebe Frau.

ROBERT *(hat eine Mappe hervorgesucht, durchblättert und zur Seite gelegt. – Dann nach nochmaligem Suchen hebt er einen Revolver hervor, den er prüft).*

TRAST *(beiseite).* Ah, mit dem Revolver! Auf die Art will er Abrechnung halten!

ROBERT *(der sieht, daß er beobachtet wird, verbirgt den Revolver in der Brusttasche, greift nach seinem Hute und kommt mit der Mappe nach vorne).* So, jetzt bin ich fertig!

TRAST. Ich begleite dich.

ROBERT. Du?

TRAST. Hab ich nicht das Recht dazu?

ROBERT *(zögernd).* Gut – komm!

FRAU HEINECKE *(zärtlich – unter Tränen).* Robert!

ROBERT *(der versucht, seine Erregung niederzukämpfen).* Ich – komme – noch – Abschied nehmen, Mutter! Jetzt hab ich Nötigeres zu tun! *(Geht zur Tür.)*

FRAU HEINECKE *(zu Trast, die Hände ringend).* Herr Curt und er, das gibt gewiß ein Unglück!

TRAST *(halblaut zurück).* Stille! Stille! – – Nun – gehn wir?

ROBERT *(zur Mutter in großer Erregung und mit hervorbrechender Zärtlichkeit).* Und wenn wir uns – – nicht mehr *(sich fassend zu Trast.)* Gut – gehn wir! *(Die beiden zur Tür.)*

Der Vorhang fällt.

Vierter Akt

Szenerie des zweiten Aktes.

Erste Szene

Trast. Robert mit der Mappe unter dem Arm. Wilhelm.

WILHELM *(leise zu Trast).* Ich habe strengen Befehl, Herrn Heinecke nie wieder vorzulassen.

TRAST. Mich auch nicht?

WILHELM. O mit dem Herrn Grafen ist das ganz was anders.

TRAST. Danke für gütiges Vertrauen. Herr Heinecke ist in meiner Begleitung. Ich übernehme die Verantwortung. Wir werden den Herrn Kommerzienrat erwarten –

WILHELM. Aber –

TRAST. Was ziehn Sie vor, Courant oder Papier? *(Indem er nach einem Scheine sucht.)* Ist denn das ganze Haus leer?

WILHELM. Herr Kommerzienrat ging nach der Fabrik hinüber, gnädige Frau haben Migräne, gnädiges Fräulein fuhr nach der Stadt – Herr Curt auch.

TRAST. Zusammen?

WILHELM. Oh, die fahren nie zusammen. – Herr Curt wollte die Einladungen abbestellen – von wegen – *(Winkt nach Robert hinüber.)*

TRAST *(gibt ihm Geld).* Es ist gut ... Ab.

WILHELM. Wie befehlen?

TRAST. Ab!

(Wilhelm mit Verbeugung ab.)

Zweite Szene

Trast. Robert.

TRAST. Komm mal her, mein Junge!

ROBERT. Was willst du?

TRAST. Ich? Du weißt ja, ich will nie was. Ich lasse mich von den Ereignissen schaukeln. Aber die Frage ist: Was willst *du* hier – an diesem Platze?

ROBERT. Ich will Abrechnung halten.

TRAST. Natürlich ... Das wissen wir ... Da du aber auf den großmütigen Händedruck, der einem braven Arbeiter in solchen erhebenden Momenten zuteil wird, sowieso verzichten willst, so seh ich nicht ein, warum du die Bücher nicht einfach aufs Comptoir schickst – und basta.

ROBERT. Freilich, das wäre sehr einfach.

TRAST. Lieber Mensch, laß mich noch einmal als Freund mit dir reden.

ROBERT. Rede nur, rede.

TRAST. Du bist auf der Jagd hinter einem Phantom!

ROBERT. So?

TRAST. Deine Ehre hat niemand angetastet.

ROBERT. So?

TRAST. Weil niemand auf der Welt dazu imstande ist!

ROBERT. So, so!

TRAST. Das, was du deine Ehre nennst, dieses Gemisch aus – Scham, aus – Taktgefühl, aus – Rechtlichkeit und Stolz, das, was du dir durch ein Leben voll guter Gesittung und strenger Pflichttreue anerzogen hast, kann dir durch eine Bubentat ebensowenig genommen werden, wie etwa deine Herzensgüte oder deine Urteilskraft. Entweder sie ist ein Stück von dir selbst oder sie ist gar nicht ... Mit jener Sorte von Ehre, die schon der lässig geworfene Handschuh irgendeines fashionablen Rowdys zu zerschmettern vermag, hast du nichts gemein ... die ist gerade gut als Spiegel für die Laffen, als Spielzeug für die Müßiggänger und als Parfüm für die Anrüchigen.

ROBERT. Du sprichst wie einer, der aus der Not eine Tugend macht.

TRAST. Sehr möglich ... denn jede Tugend ist von der Not geschaffen worden.

ROBERT. Und meine Familie?

TRAST. Ich denke, du hast keine mehr?

ROBERT *(von Schmerz überwältigt, birgt das Gesicht in den Händen).*

TRAST. Ich versteh dich wohl ... Das ist das Zucken des Nervenstrangs, dessen Zubehör man amputierte ... Laß dich nicht beirren ... Wenn auch die Zehe noch weh tut, das Bein ist weg.

ROBERT. Du hast nie eine Schwester gehabt!

TRAST. ... Sag mal, muß ich, der Aristokrat, dich, den Plebejer, Duldung gegen die Niederen lehren? Mein Lieber, verachte die Deinen nicht. Sage nicht, daß sie schlechter sind als du und ich ... Sie sind anders, weiter nichts ... In ihren Herzen wohnt ein Empfinden, das dir fremd ist, in ihren Köpfen malt sich ein Weltbild, das du nicht verstehst. Sie darum verurteilen, wäre vorwitzig und beschränkt ... Und damit du's endlich weißt, mein Sohn, in dem Kampfe gegen die Deinen bist du von Anfang bis zu Ende im Unrecht gewesen.

ROBERT. Trast, das sagst du?

TRAST. Ich erlaube mir ... Du kommst aus fremden Ländern, wo du dich im Verkehr mit Gentlemen neunmal gehäutet hast, und verlangst von den Deinen, daß sie dir zu Liebe von heut auf morgen einfach aus *der* Haut fahren sollen, die ihnen von Anbeginn glatt und schlank auf dem Leibe gesessen hat ... Das ist unbescheiden, mein Junge ... Und deiner Schwester ist vom Hause Mühlingk tatsächlich die Ehre wiedergegeben worden, *die* Ehre nämlich, die sie gebrauchen kann. – Denn jedes Ding auf Erden hat seinen Tauschwert ... Die Ehre des Vorderhauses wird vielleicht mit Blut bezahlt – vielleicht, sage ich – die Ehre des Hinterhauses ist schon mit einem kleinen Kapital in integrum restituieret. *(Da Robert zornig gegen ihn auffährt.)* Iß mich nicht auf ... Ich bin noch nicht fertig ... Welchen andern Sinn hätte die Jungfrauenehre, um die es sich hier handelt, als dem künftigen Gatten eine gewisse Mitgift von Herzensreinheit, von Wahrhaftigkeit und Neigung zu verbürgen? Denn nur zum Zwecke der Heirat ist sie da ... Nun frage gefälligst in der Sphäre nach, der du entstammst, ob deine Schwester mit dem Kapital, das ihr heut in den Schoß fiel, nicht eine weit begehrenswertere Partie geworden ist, als sie jemals gewesen.

ROBERT. Trast, du bist roh, du bist grausam.

TRAST. Roh, wie die Natur, grausam, wie die Wahrheit. Nur die Trägen und die Feigen bauen à tout prix Idyllen um sich herum. Du aber hast mit all dem nichts mehr zu tun, drum gib mir die Hand, schüttle den Staub der Heimat von deinen Füßen und sieh dich nicht mehr um.

ROBERT. Erst muß ich persönlich meine Genugtuung haben.

TRAST. Du willst dich also partout mit ihm schlagen?

ROBERT. Ich hatte darauf verzichtet – aber jetzt, jetzt will ich.

TRAST. Sei doch nicht so altmodisch!

ROBERT. Altmodisch – mag sein ... Vielleicht gerade, weil ich als Plebejer zur Welt gekommen bin und mir die Ehrbegriffe äußerlich aufgeimpft wurden, hab ich nicht die Kraft, mich zu der Höhe deiner Anschauungen emporzuschwingen. Laß mich also an meiner Beschränktheit zugrunde gehn.

TRAST. Wenn er nun aber nicht will?

ROBERT. Ich werd ihn zu zwingen wissen.

TRAST. Aha! *(Für sich.)* Dazu der Revolver! ... Noch eins, mein Junge. Wenn du durchaus willst, daß Herr Curt dir eine Kugel auf den Pelz brennen soll, so muß ihm doch erst jeder Vorwand genommen sein, dich zu refüsieren.

ROBERT. Mein Gott ja – du hast recht.

TRAST *(seine Brusttasche ziehend).* Genierst du dich etwa?

ROBERT. Nein, du hast zuviel für mich getan, als daß ich's dürfte –

TRAST *(ihm einen Scheck ausstellend).* Da!

ROBERT. Und wenn ich das da niemals abarbeiten kann?

TRAST. So schreib ich's in den großen Schornstein, in welchem das Konto der Freundschaft geführt wird! *(Seinen Kopf streichelnd.)* Na, es wird so schlimm nicht sein! Hm – mein Junge – eins, was du ganz vergessen hast.

ROBERT. Wie?

TRAST. Lenore!

ROBERT *(zusammenzuckend).* Sprich nicht von ihr.

TRAST. Du liebst sie.

ROBERT. Ah – ich antworte dir nicht!

TRAST. Soll sie an dich vielleicht als an den Mörder ihres Bruders denken?

ROBERT. Besser, als daß sie an einen Ehrlosen denkt!

TRAST *(sich hoch aufrichtend).* Bin ich nicht auch ein sogenannter Ehrloser? Und hast du mich nicht als wackern Kerl gekannt? Und trag ich nicht den Kopf so hoch wie irgendeiner auf der Welt? Schäm dich!

ROBERT *(nach einem Schweigen).* Trast – vergib mir.

TRAST. Vergeben – Unsinn! Ich habe dich lieb – basta.

ROBERT. Trast – ich werde – mich nicht – schlagen.

TRAST. Wort?

ROBERT. Wort!

TRAST. So komm!

ROBERT. Wohin?

TRAST. Was weiß ich! In die Welt!

ROBERT. Verzeih. Soll ich es mir versagen, dem gütigen Geber sein Geld vor die Füße zu werfen?

Dritte Szene

Wilhelm tritt ein.

WILHELM. Der Herr Kommerzienrat ist soeben in das Comptoir gegangen.

TRAST *(beiseite).* Curt nicht daheim ... Das trifft sich gut.

ROBERT *(nach der Mappe greifend).* Ich geh hinüber.

TRAST. Gut. Erwarte mich dann.

ROBERT. Was willst du hier noch?

TRAST. Laß das meine Sorge sein. Komm mal her! *(Leise.)* Eh du gehst, gib mir doch deinen Revolver!

ROBERT *(erschrocken).* Wie, du weißt?

TRAST. Er zeichnet sich deutlich genug auf deiner Brusttasche ab.

ROBERT. Ich bitte dich – laß ihn mir! – Oder bist du mißtrauisch?

TRAST. Ich fürchte, mein Pepe spukt dir im Kopf. –

ROBERT. Soll ein Ehrenwort zwischen uns Ehrlosen keine Geltung haben?

TRAST. Gut – behalte ihn.

(Robert und Wilhelm ab.)

TRAST *(allein, will ihm erst nach, hält aber inne).* Es war doch vielleicht unvorsichtig! – Falls der Bengel heimkommt, fang ich ihn ab und halt ihn zurück. – Aber jetzt handelt es sich um anderes. – Ist dieses Mädchen hier das, wofür ich sie taxier – – –

Vierte Szene

Trast. Lenore. (Lenore im Winterkostüm, Hut, Mantel, Muff, von rechts.)

TRAST. Ah – das nenn ich Glück haben!

LENORE *(ihm die Hand reichend, erregt).* Herr Graf, wissen Sie, woher ich komme? Von Ihnen ... *(Wirft ihre Sachen ab.)* Sie entsetzen sich über meine Kühnheit. Aber nur von Ihnen kann ich erfahren, was hier vorgeht. – Daß mein Bruder auf dem Wege war, jenes junge Wesen ins Unglück zu stürzen, fürchtete und argwöhnte ich ... hat Ihr Freund das erfahren?

TRAST. Wenn es nichts weiter wäre!

LENORE. Was wär es sonst?

TRAST. Ich gestehe, ich finde die Worte nicht, um einer jungen Dame –

LENORE. Reden Sie nur!

TRAST. Nun denn. Die Ihrigen haben es für nötig erachtet, jene armen Leute ihre Schande vergessen zu machen, und sie packten sie da, so sie am leichtesten zu packen waren, bei ihrer – Armut.

LENORE. Versteh ich Sie recht? Man hat meinen Bruder von jenem Mädchen losge – kauft? *(Trast bejaht.)* O mein Gott!

TRAST. Es versteht sich von selbst, daß ich mich jeder Kritik enthalte. Zudem ist das Mittel, dessen man sich bediente, das landläufige, um dergleichen Verbindungen aus der Welt zu schaffen. Aber ich fürchte für unsern Freund!

LENORE *(das Gesicht in den Händen).* Wie kann ich das je an ihm gut machen!

TRAST. Fühlen Sie die Verpflichtung dazu?

LENORE. Ob ich sie fühle! Mein ganzes Wesen bäumt sich gegen die abscheuliche Praxis auf, die in meinem Elternhause herrscht. – Bezahlen – immer bezahlen – Ehre, Recht, Liebe – alles bezahlen! – Wir können's! Wir haben's ja dazu! ... *(Wirft sich in den Sessel, dann aufspringend.)* Vergeben Sie – ich bin außer mir ... Ich spreche von den Meinen, als ob sie Fremde wären.

TRAST. Vielleicht sind Sie ihnen fremder, als Sie selbst ahnen!

LENORE *(bestürzt).* Ah, wenn Sie recht hätten! – *(Da er hinaushorcht.)* Was haben Sie da?

TRAST. War das nicht die Stimme Ihres Bruders?

LENORE *(an der Tür).* Ja, er ist es – mit ein paar Freunden.

TRAST *(für sich).* Ich hätt' ihm die Waffe nicht lassen sollen! *(Laut, nach seinem Hute langend.)* Geht er ins Comptoir?

LENORE. Nein, man scheint eintreten zu wollen!

TRAST *(den Hut wieder hinlegend).* Gut, so erwart ich ihn – Mein Fräulein, eine Bitte! ... Mein Freund verläßt heute mit mir dieses Haus, morgen die Stadt und, ich hoffe, bald auch Europa.

LENORE *(für sich).* Oh, mein Gott!

TRAST. Aber heute möchte ich ein Zusammentreffen zwischen ihm und Ihrem Herrn Bruder vermieden wissen. – Sollt' es doch dazu kommen, ohne daß ich dazwischentreten kann, so bitte, sein Sie in der Nähe!

LENORE *(bejaht eifrig – Stimmen vor der Tür – sie eilt nach links – sich noch einmal umwendend).*
Was soll ich tun, Herr Graf?

TRAST. Sich selber treu bleiben.

LENORE. Das will ich! *(Ab.)*

TRAST. Jetzt – der Bruder!

Fünfte Szene

Curt. Lothar. Hugo. Trast.

CURT *(befremdet).* Herr Graf?

LOTHAR *(leise).* Wie gut, daß wir mitkamen!

TRAST. Ich bitte um eine Unterredung, Herr Mühlingk.

CURT. Meine Zeit ist leider kurz gemessen, Herr Graf, mein Vater erwartet mich.

TRAST *(beiseite).* Oho! *(Laut.)* Es handelt sich um eine Bitte!

CURT. Ich habe keine Geheimnisse vor meinen Freunden, Herr Graf! *(Setzen sich.)*

TRAST. Jemand, der mir befreundet ist, ist von Ihnen an seiner Ehre schwer gekränkt worden. – Auf meinen Rat und mir zuliebe verzichtet er darauf, eine Genugtuung von Ihnen zu fordern.

CURT. Sie irren, Herr Graf, Herr Heinecke hat seine Genugtuung erhalten.

LOTHAR. Eine andere wären wir nicht in der Lage gewesen, ihm zukommen zu lassen.

TRAST *(sieht ihn von oben bis unten an)*. Lassen wir diese Frage fallen, Herr Mühlingk. Mein Freund befindet sich in diesem Augenblicke, wie ich vermute, bei Ihrem Herrn Vater, weil er darauf bestand, seine Abrechnung mit Ihrem Hause persönlich ins reine zu bringen.

CURT. Wenn ihm das Vergnügen macht!

TRAST. Er suchte bei dieser Gelegenheit auch eine Unterredung mit Ihnen!

CURT. Die kann er haben, Herr Graf!

TRAST. In einer Stunde wird mein Freund dieses Etablissement verlassen haben ... In Anbetracht der begreiflichen Erregung, in der er sich befindet, wäre es zweckmäßig für beide Teile, wenn während dieser Zeit ein Begegnen zwischen Ihnen vermieden würde.

LOTHAR. Herr Graf, ein Appell an die Feigheit hat in deutschen Herzen noch nie einen Widerhall gefunden.

TRAST *(ruhig)*. Herr Lieutenant, ich habe mir nicht erlaubt, das Wort an Sie zu richten. – Herr Mühlingk, überlegen wir genau. Sie sprechen zu jemandem, dem in diesem Augenblicke Ihr Wohl – nicht aus Sympathie, wie ich freimütig bekenne – von hohem Werte ist ... Ich darf darum wie ein Freund zu Ihnen sprechen. Lassen Sie sich von diesen Herren nicht einschüchtern –

HUGO. Nein, laß dich von uns nicht einschüchtern!

TRAST. Und geben Sie dem Gefühle Raum, das Ihnen sagt: Ich darf auf das Unrecht nicht trotzen, das ich jenem Manne angetan habe. Sie schweigen. Nicht wahr – Sie erfüllen meine Bitte?

LOTHAR *(hinter ihm, leise)*. Nun aber korrekt!

CURT. Ich schweige, Herr Graf, weil ich nach Worten suche, um Ihnen mein Erstaunen über Ihr seltsames Auftreten gebührend zu kennzeichnen.

(Alle stehen auf.)

LOTHAR *(hinter ihm, leise)*. Ganz gut! Ganz gut!

CURT. Und ich frage hiermit, was berechtigt Sie, in meinem Hause eine solche Forderung an mich zu stellen?

TRAST. Eine Forderung, die Sie ablehnen?

CURT. Zweifeln Sie daran, Herr Graf?

LOTHAR *(leise)*. Etwas schneidiger – schneidiger.

TRAST *(beiseite)*. Also ein Gewaltsmittel! *(Laut.)* Ja, ich zweifelte daran, denn ich hegte noch eine leise Hoffnung, es mit einem Ehrenmanne zu tun zu haben ... Pardon – ich täuschte mich.

CURT. Herr – das ist – –

TRAST. Eine Beschimpfung – ja wohl!

CURT. Für die Sie mir Rechenschaft geben werden!

TRAST. Ich verlange nichts Besseres!

CURT. Sie werden morgen von mir hören!

TRAST. Morgen? Schläft man bei Ihnen mit – dergleichen? Ich bin gewohnt, einen Schimpf auf der Stelle zu sühnen.

CURT *(würgend)*. Auch das!

TRAST *(beiseite)*. Gott sei Dank! *(Laut.)* Gehn wir also!

LOTHAR *(dazwischentretend)*. Immer korrekt, lieber Curt! Du als Kontrahierender hast mit dem Herrn nichts mehr zu verhandeln! *(Scharf.)* *Erstens*, Herr Graf, verlangt der Ehrenkodex, daß der Forderer sowohl wie der Geforderte vierundzwanzig Stunden Frist erhält, um seine Angelegenheiten zu ordnen. – Wir – mein Mandant und ich – würden von diesem Rechte Gebrauch machen, wenn wir nicht – und nun komme ich zum *zweiten* Punkte – auf das Vergnügen verzichten müßten, so etwas wie eine Genugtuung zu verlangen, denn Sie, geehrter Herr, haben uns nicht beleidigt ...

TRAST. Ah!

LOTHAR. Sie gehören nicht zu denjenigen, die uns beleidigen *können*.

TRAST *(belustigt)*. So, so!

LOTHAR. Erinnern Sie sich gefälligst, daß der Graf von Trast-Saarberg am 25. Juni 1864 – wie ich nunmehr aus den Registern ersehen habe – wegen nicht bezahlter Spielschulden mit schlichtem Abschied entlassen wurde. – Und hiermit – *(verneigt sich nachlässig)* Herr Graf! – –

TRAST *(bricht in ein helles Gelächter aus).* Meine Herren, ich danke Ihnen herzlich für die empfangene Lektion ... Ich habe sie vollauf verdient ... denn das größte Verbrechen auf Erden ist die Inkonsequenz ... Und vor allem lern ich eins. Man mag sich über die moderne Ehre noch so erhaben wissen, man muß ihr Sklave bleiben, und sei's allein, um einem armen Teufel von Freund aus der Patsche zu helfen. – Meine Herren, ich habe die Ehre! ... Pardon, ich habe sie nicht! ... Sie sprechen sie mir ab ... So bleibt mir also nur das ganz gemeine Vergnügen, mich Ihnen zu empfehlen – doch das ist um so größer. *(Verbeugt sich lachend – ab.)*

Sechste Szene

Curt. Lothar. Hugo.

HUGO. Nun sitzen wir da mit unserer Ehre und sind wieder die Blamierten.

LOTHAR. Wir benahmen uns ganz korrekt.

HUGO. Aber, Lothar, der Kaffee, der Kaffee!

LOTHAR. Man muß sich seine Ehre etwas kosten lassen, mein Lieber. Es freut mich, daß ich dir diesen Dienst habe leisten können, lieber Curt ... Was hättest du ohne mich wohl angefangen? – Auf heute abend also!

CURT. Wollt Ihr schon nach der Stadt zurück?

LOTHAR. Ja wohl.

CURT. Ich begleite Euch.

LOTHAR. Oh! Das sähe ja aus, als wolltest du dem saubern Herrn Bruder aus dem Wege gehen!

CURT. Was fällt dir ein?

LOTHAR. Soll sich der Graf ins Fäustchen lachen? – Jetzt ist es sogar deine Pflicht, eine Begegnung herbeizuführen.

CURT. Das nun wohl nicht.

LOTHAR. Deine Pflicht, sage ich, falls du nicht das Odium eines Feiglings auf dich nehmen willst.

Siebente Szene

Mühlingk mit Pelz und Hut von hinten. Hinter ihm Wilhelm.

MÜHLINGK *(Wilhelm den Pelz zuwerfend).* Was fällt dem Menschen ein, mich in meinem Comptoir zu belagern? – Guten Tag, meine Herren ... Lassen Sie ihm die Bücher abfordern und sagen Sie ihm, er soll sich zum Teufel scheren! ... *(Wilhelm ab.)* Curt, warum weichst du mir aus? ... Wir haben ein Hühnchen zu pflücken, das weißt du doch!

CURT *(leise zu den Freunden).* Jetzt krieg ich meine Pauke ... Rettet Euch!

HUGO. Herr Kommerzienrat – unsere Zeit ist leider –

MÜHLINGK. Adieu, meine Herren, bedaure unendlich – adieu!

LOTHAR *(leise).* Du wirst uns von der Begegnung erzählen. *(Lothar und Hugo ab.)*

Achte Szene

Mühlingk. Curt.

MÜHLINGK. Ich habe diesmal die Angelegenheit noch glücklich ins reine gebracht. – Mit welchen Opfern, weiß der Himmel! Ich werde damit dein Konto belasten. – Nun zu der moralischen Seite der Sache!

Neunte Szene

Die Vorigen. Frau Mühlingk von hinten. – Später Lenore von links.

CURT *(für sich)*. Da kommt auch noch die Alte ... Das kann schön werden.

FRAU MÜHLINGK. O Curt, Curt!

CURT. Ja, Mama!

FRAU MÜHLINGK *(setzt sich)*. Du hast deinen Eltern viel Kummer bereitet, mein Sohn. Daß dein alter Vater gezwungen war, mit solchem Gesindel zu unterhandeln, *(Lenore von links)* wie ist das schmutzig, wie ist das erniedrigend für uns! *(Zu Lenoren.)* Was willst *du* hier?

LENORE. Ich muß mit Euch sprechen.

MÜHLINGK. Wir haben jetzt keine Zeit. – Geh auf dein Zimmer.

LENORE. Nein, Papa. Ich kann die Rolle der schweigenden Haustochter in diesem Falle nicht spielen. – Bin ich ein Mitglied der Familie, so will ich auch zu Rate gezogen werden.

MÜHLINGK. Was bedeutet diese Feierlichkeit?

LENORE. In unserem Hause hat sich heut ein unglückseliger Vorfall abgespielt.

MÜHLINGK. Daß ich nicht wüßte! –

LENORE. Ihr braucht mir nichts zu verheimlichen. Es schickte sich wohl nach den Gesetzen der Heuchelei, die man uns sogenannten jungen Mädchen auferlegt, daß ich die Augen niederschlage und die Nichts-Verstehende spiele. Aber das geht in diesem Falle nicht an. Ich habe alles erfahren.

FRAU MÜHLINGK. Und du schämst dich nicht ...?

LENORE *(bitter)*. Ja, ich schäme mich.

MÜHLINGK. Weißt du, mit wem du sprichst? Du bist von Sinnen.

LENORE. Hab ich mich im Ton vergriffen, so vergebt mir. Ich will Euch ja weich stimmen und nicht erzürnen ...

Vielleicht bin ich wirklich eine schlechte Tochter gewesen ... Vielleicht habe ich wirklich nicht das Recht, einen eigenen Gedanken zu fassen, so lang ich nicht das eigene Brot esse ... Wenn es so ist, versucht mir zu vergeben ... Ich will tausendfach wiedergutmachen. – Aber habt Einsicht, gebt ihm seine Ehre wieder. –

MÜHLINGK. Ich will dich gar nicht einmal fragen: was geht dich der Mensch eigentlich an? aber sag mal – was verstehst du darunter: die Ehre wiedergeben?

LENORE. Mein Gott, wenigstens den guten Willen müßt Ihr haben, wiedergutzumachen, dann werden wir Mittel und Wege schon finden.

MÜHLINGK. Meinst du? Setze dich mal nieder, mein Kind. – Ich will meiner Gewohnheit gemäß auch diesmal Milde walten lassen und dich mit Gründen zur Vernunft zu bringen suchen, wiewohl ein strenger Verweis vielleicht mehr am Platze wäre ... Sieh dir einmal diesen grauen Kopf an. Darauf hat sich viel Ehre zusammengehäuft, und doch habe ich mich mit dem sogenannten Ehrgefühl niemals abgegeben ... Ach, was muß man alles im Leben einstecken und darf nicht »Hum« sagen, wenn man in die Höhe kommen will. Da ist nun ein junger Mensch, dem ich, wie du sagst, die Ehre genommen habe. Nehmen wir an, du hättest recht ... Ich beklage tief den Leichtsinn deines Bruders ... Aber, wer heißt dem jungen Menschen eine Ehre haben? Wo hat er sie her? Etwa aus seiner Familie? Oder aus meinem Geschäft? ... Meine Commis sind keine Malteserritter ... Gut, du sagst, er hatte sie ... und ich soll sie ihm wiedergeben ... Wodurch? Etwa dadurch, daß ich das Mädchen zu meiner Schwiegertochter mache?

FRAU MÜHLINGK. Ich muß dich bitten, Theodor, auch im Scherze solche Dinge nicht in den Mund zu nehmen ...

MÜHLINGK. Dadurch würde ich mich und mein Haus ins Unglück stürzen. Der junge Mann hat's dagegen in seiner Hand, sich über die Geschichte hinwegzusetzen. Tut er's nicht und tritt die Frage an mich heran: Wer soll unglücklich werden, wir oder er? So antwort ich: Er soll unglücklich werden, ich spüre keine Lust dazu. – So habe ich's mein Lebtag gehalten, und ein jeder kennt mich als Ehrenmann.

LENORE *(aufstehend).* Vater, ist das dein letztes Wort?

MÜHLINGK. Mein letztes Wort. Jetzt komm, gib mir einen Kuß und bitte deine Mutter um Verzeihung.

LENORE *(weicht schaudernd zurück).* Laß mich. Ich kann dich nicht belügen!

MÜHLINGK. Was heißt das?

LENORE. Vater, ich fühle, daß ich in allem Unrecht habe, ich fühle, daß ich Unmögliches von Euch verlange. Ich müßte die Welt ganz anders kennen, um dir gewachsen zu sein – aber – *(Hält plötzlich inne und lauscht hinaus – Stimmen auf dem Korridor.)*

MÜHLINGK. Aber? –

LENORE *(für sich).* Da ist er! – Aber – – – o ich kann nicht mehr.

Zehnte Szene

Die Vorigen. Wilhelm.

WILHELM. Der junge Herr Heinecke aus dem Hinterhause ist wieder da. *(Curt erschrickt.)*

MÜHLINGK. Haben Sie nicht bestellt, was ich ihm sagen ließ?

WILHELM. Ja wohl, Herr Kommerzienrat, aber er ist mir vom Comptoir hierher gefolgt.

MÜHLINGK. Das ist ja eine unerhörte Dreistigkeit ... Wenn er nicht auf der Stelle –

CURT. Verzeih, Papa. – Vielleicht will er sich nur bedanken ... Ich glaub, er hat alle Ursache dazu.

MÜHLINGK. Solches Volk bedankt sich nie.

CURT. Er hat ja wohl auch Geldbeträge abzuliefern.

MÜHLINGK. Natürlich.

CURT. Am Ende hapert hinterher was – und dann ist er über alle Berge.

MÜHLINGK. Meinetwegen also – er soll kommen. *(Wilhelm ab.)*

FRAU MÜHLINGK. Wir ziehen uns zurück, Lenore!

LENORE *(rasch gedämpft)*. Curt!

CURT. Beliebt?

LENORE. Nimm dich in acht!

CURT *(der seine Ängstlichkeit zu verstecken sucht)*. Pah! *(Frau Mühlingk und Lenore ab.)*

MÜHLINGK. Setze dich. – Das macht sich besser.

Elfte Szene

Curt. Mühlingk. Robert. (Robert scheinbar ganz ruhig, in gemessen dienstlicher Haltung, die Mappe unter dem Arm.)

MÜHLINGK. Sie waren etwas dringlich, lieber Herr ... Nun, ich tadle Pflichteifer nie, am allerwenigsten, wenn er noch in der letzten Minute eines Dienstverhältnisses vorhält ... Setzen Sie sich nur.

ROBERT. Wenn Sie gestatten, so bleib ich stehen! ...

MÜHLINGK. Ganz wie Sie wollen ... Von meinem Neffen ist mir schon gestern berichtet worden. – Es geht ihm gut ... er amüsiert sich ... ein wenig zu sehr, wie Graf Trast mir sagte ... Nun, das Kavaliertum liegt den Herren aus guter Familie im Blute ... Sie haben die Jahresabschlüsse hoffentlich schon mitgebracht?

ROBERT. Ja wohl. –

MÜHLINGK. Und?

ROBERT *(sucht in der Mappe und reicht ihm ein Blatt über den Tisch)*. Ich bitte.

CURT *(der den Unbefangenen spielt)*. Darf ich mit hineinsehen, Papa?

MÜHLINGK. Ja, ja. – Oder vielleicht haben Sie eine Kopie bei sich.

ROBERT. Ja wohl.
MÜHLINGK. Bitte, geben Sie sie meinem Sohne.
(Curt geht ihm entgegen. Die beiden stehen sich einen Augenblick gegenüber und messen sich mit den Augen.)
MÜHLINGK. Soviel ich auf den ersten Blick sehe, macht sich das ganz nett. Der Reingewinn beträgt – –
ROBERT *(in die Mappe sehend).* 116 227 Gulden.
MÜHLINGK. Der holländische Gulden zu 1 Mark 70 macht ... Curt, rechne mit.
ROBERT. 197 585 Mark.
MÜHLINGK. 8 – 1 – 3 – 5 – 8. Ganz recht ... 197 585 Mark und 90 Pfennig. Curt, du rechnest ja nicht mit?
CURT. Und 90 Pfennige. Ja wohl Papa.
MÜHLINGK. Hm ... Und beim Kaffee ein so winziger Ertrag. Was bedeutet das?
ROBERT *(ihm ein Blatt überreichend).* Hier das Spezialconto. Ich war in der Lage, die Kaffeekrisis, die durch die brasilianische Konkurrenz hervorgerufen worden ist, vorhersehen zu können und habe infolgedessen ⅚ des Areals mit Tee bebaut.
MÜHLINGK. Sie?
ROBERT. Ja, Herr Kommerzienrat, ich!
CURT. Merkwürdig.
MÜHLINGK. Und wie steht die Chinarinde?
ROBERT. Hier das Konto *(reicht ihm wiederum ein Blatt).*
MÜHLINGK. Auch nicht hervorragend. Wo liegt also die Unterlage der günstigen Bilanz?
ROBERT. Als gewinnbringend haben sich erwiesen die Versuche mit Sumatratabak *(reicht ein Blatt hinüber)* und vor allem der Übergang zur Teekultur.
MÜHLINGK. Sie haben dieses Wagestück nach eigenem Gutdünken unternommen?
ROBERT. Nicht so ganz. Ich folgte einem Winke, den mir mein Freund, Graf Trast, gegeben hatte.
MÜHLINGK. Und mein Neffe hat diese Operation gebilligt?
ROBERT. Nachträglich – gewiß.

MÜHLINGK. Du hast recht, lieber Curt – das ist sehr merkwürdig.

ROBERT. Haben die Herren noch andere Fragen an mich zu richten?

MÜHLINGK. Nach der Art und Weise, wie Sie sich hier benehmen, scheint es, oder soll es scheinen, als ob Sie auf Java die Geschäfte meines Hauses selbständig geführt haben. Wie verhält sich das?

ROBERT. Da ich Prokura hatte, Herr Kommerzienrat –

MÜHLINGK. Und wo war mein Neffe unterdessen?

ROBERT. Auf diese Frage in ihrer Allgemeinheit weiß ich nichts zu antworten, Herr Kommerzienrat.

MÜHLINGK. Kam mein Neffe denn nicht täglich aufs Comptoir?

ROBERT. Nein, Herr Kommerzienrat.

MÜHLINGK *(immer erregter).* Wann kam er also?

ROBERT. Wenn die Hamburger Post fällig war und wenn er Geld erhob.

CURT. Wollen Sie damit sagen, daß mein Vetter seine Pflichten vernachlässigte?

ROBERT. Ich will nichts damit sagen, als ich gesagt habe.

MÜHLINGK. So erklären Sie mir gefälligst –

ROBERT. Über das Privatleben meines bisherigen Vorgesetzten Auskunft zu erteilen, fühl ich mich nicht berufen.

CURT. Aber, ihn anzuschwärzen, dazu fühlen Sie sich berufen?

ROBERT *(will gegen ihn auffahren, bezwingt sich aber).* Wünschen die Herren noch weitere Fragen an mich zu richten?

MÜHLINGK. Was haben Sie an Geldern mitgebracht?

ROBERT. Ich habe Wechsel auf verschiedene Banken im Betrage von 95 000 Gulden. Hier sind sie.

MÜHLINGK. Curt – prüfe das ...

(Die beiden stehen sich wiederum gegenüber. – Stummes Spiel. – Curt nimmt die Wechsel aus Roberts Hand und sieht sie durch.)

ROBERT. Sind Sie nun fertig, Herr Kommerzienrat?
MÜHLINGK. Warten Sie ein wenig. *(Pause.)*
CURT. Es stimmt.
MÜHLINGK. Also, mein lieber Herr – Heinecke, ich wünsche Ihnen viel Glück für Ihren ferneren Lebensweg ... Bleiben Sie ein tüchtiger Mensch und vergessen Sie nicht, was Sie meinem Hause schuldig sind.
ROBERT. Nein, Herr Kommerzienrat, das vergesse ich nicht. Hier sind 40 000 Mark, die Sie die Güte hatten, meinem Vater zu übergeben.
MÜHLINGK. Diese 40 000 Mark waren ein Geschenk und kein Darlehn ...
ROBERT. Trotzdem fühl ich mich für die Rückerstattung verantwortlich.
MÜHLINGK. Sind Sie von Ihrem Vater beauftragt, mir das Geld zurückzugeben?
ROBERT. Nein, das bin ich nicht.
MÜHLINGK. Das Geld ist also Ihr eigenes?
ROBERT. Jawohl.
MÜHLINGK. So, so.
CURT. Findest du es nicht interessant, Papa, daß unser Herr Heinecke Ersparnisse in dieser Höhe hat machen können?
ROBERT *(besinnt sich eine Weile, faßt die Bedeutung des Wortes, schreit auf und stürzt, die Pistole hervorreißend, auf Curt los, ihn an der Kehle packend.)* Schurke – widerrufe – widerrufe!
MÜHLINGK. Zu Hülfe! Zu Hülfe! –

Zwölfte Szene

Die Vorigen. Lenore. Dann Frau Mühlingk.

LENORE *(vorstürzend).* Robert, haben Sie Erbarmen!
ROBERT *(läßt bei ihrem Anblick die Pistole fallen und taumelt, das Gesicht in den Händen, zurück. Curt sinkt, nach Luft ringend, auf das Sofa).*

FRAU MÜHLINGK *(durch die Mitteltür).* Was gibt es? Curt! *(Eilt zu ihm.)* Hülfe, Mörder, Mörder! – So klingle doch, Theodor!

MÜHLINGK. Stille, stille. Es ist keine Gefahr mehr. – Was wollen Sie noch! Gehn Sie!

ROBERT. Als Dieb, nicht wahr? *(Bewegung Lenorens.)* Ja, Lenore, damit Sie's wissen: Ersparnisse hab ich gemacht! Ein Dieb bin ich!

LENORE. Vater! Um Gotteswillen – was habt Ihr getan?

ROBERT. Gut. Dies ist der Tag der Abrechnung. Machen wir also das Konto klar ... Das Konto zwischen den Vorder- und den Hinterhäusern. Wir arbeiten für Euch ... wir geben unsern Schweiß und unser Herzblut für Euch hin ... Derweilen verführt Ihr unsere Schwestern und unsere Töchter und bezahlt uns ihre Schande mit dem Gelde, das wir Euch verdient haben ... Das nennt Ihr Wohltaten erweisen! – Ich habe mit Nägeln und Zähnen um Euern Gewinnst gerungen und nach keinem Lohne gefragt. – Ich habe zu Euch emporgeschaut, wie man zu Heiligen emporschaut ... Ihr wart mein Glaube und meine Religion ... Und was tatet Ihr? – Ihr stahlt mir die Ehre meines Hauses, denn ehrlich war es, wenn's auch Euer Hinterhaus war. – Ihr stahlt mir die Herzen der Meinigen, denn ob sie auch schmutzige Bettler sind, lieb hatt' ich sie doch – Ihr stahlt mir das Kissen, auf dem ich mein Haupt niederlegen wollte, um auszuruhn von der Arbeit für Euch – Ihr stahlt mir den Heimatsboden – Ihr stahlt mir die Liebe zu den Menschen und das Vertrauen zu Gott – Ihr stahlt mir Frieden, Schamgefühl und gutes Gewissen – die Sonne vom Himmel habt Ihr mir herabgestohlen – Ihr seid die Diebe – Ihr!

MÜHLINGK *(nach einem Schweigen).* Soll ich Sie durch die Dienerschaft vor die Türe werfen lassen?

LENORE *(tritt dazwischen).* Das wird nicht geschehen, Vater!

MÜHLINGK. Was? Du?

LENORE. Er wird freiwillig und ungekränkt von dannen

gehn. Oder, Vater, du läßt mich auch vor die Türe werfen.

ROBERT. Lenore, was wollen Sie tun?

LENORE. Vater, hast du nicht ein Wort der Abbitte für ihn? Nicht ein einziges Wort?

MÜHLINGK. Du bist wahnsinnig!

ROBERT. Lassen Sie, Lenore! ... Ich werde mit – Dankbarkeit an Sie denken, solange ich lebe ... Ich laß in Ihnen *das* zurück, was man Heimat nennt ... Seien Sie gesegnet für alles ... Und nun leben Sie wohl! ... *(Geht zur Tür.)*

LENORE *(mit leidenschaftlichem Aufschrei ihm nachstürzend und ihn umklammernd).* Geh nicht! ... Geh nicht! ... Und wenn du gehst, so nimm mich mit!

ROBERT. Lenore!

MÜHLINGK. Was be –?

LENORE. Laß mich nicht allein! Mich friert zwischen diesen Wänden! ... Du bist meine Heimat auch! ... Du bist sie immer gewesen! ... Sieh, ich hab mich dir an den Hals geworfen! Du kannst mich nicht mehr von dir stoßen!

MÜHLINGK. Ach – was für ein Skandal!

LENORE. Lieber Vater, wir wollen nicht auf einander wüten. Ich liebe diesen Mann. Für das, was Ihr ihm nahmt, biet ich ihm zum Ersatz das an, was ich habe. *(Halb zu Robert.)* Ich habe zwar nichts mehr, als mich selbst. – Will er das – – –

ROBERT. Lenore!

Dreizehnte Szene

Die Vorigen. Trast.

TRAST. Was ist hier vorgegangen?

LENORE *(eilt ihm entgegen).* Ich danke Ihnen, mein verehrter Freund, Sie haben mir den rechten Weg gewiesen. Robert, schaffen wir uns eine neue Heimat, eine neue Pflicht!

ROBERT *(mit einem Blick auf Curt, der wie betäubt dasitzt, in nachklingender Erbitterung).* Und eine neue Ehre! *(Er umfängt sie.)*

FRAU MÜHLINGK. Das ist also unser Dank, Theodor.

LENORE. Vater, Mutter, ich bitt Euch nicht um Verzeihung, denn was ich tue, *muß* ich tun. Ich fühl's, das kann kein Unrecht sein. Aber ich fleh Euch an: Denkt in Frieden an mich.

MÜHLINGK. So? Und du meinst, du wirst dieses Haus verlassen, ohne daß man dir sagt, wer du bist? ... du – *(Erhebt wie zum Fluche die Arme.)*

TRAST *(tritt neben ihn).* Nicht doch, Herr Kommerzienrat. – Warum wollen *Sie* sich mit Fluchen strapazieren? *(Leiser.)* Und übrigens im Vertrauen: Ihre Tochter macht keine so schlechte Partie. Der junge Mann da wird mein Sozius und da ich keine Anverwandten habe, auch mein Erbe!

MÜHLINGK. Aber – Herr Graf, – warum haben Sie das nicht – – –

TRAST *(rasch drei Schritte zurücktretend, die Hände abwehrend erhoben).* Ihren geehrten Segen erbitte schriftlich! *(Folgt den beiden zur Tür.)*

Der Vorhang fällt.

Anmerkungen für die Regie zur Charakterisierung der Personen

(Aus dem Bühnenmanuskript der Theateragentur A. Entsch, Reg. London Stat. Hall. Berlin 1889.)

Der *Kommerzienrat Mühlingk*: ein kalter, durch den Kampf ums Dasein hart gewordener Geschäftsmensch, durchaus kein Bösewicht, kaum einmal falscher Biedermann. Er selbst hält sich für milde und wohlwollend und liebt es, diesem Glauben im Tone Ausdruck zu geben.
Die *Kommerzienrätin*: gereizt, von nervöser Vornehmheit, selbst in ihrem Schweigen das Bewußtsein herauskehrend, daß sie es ist, welche das Geld ins Haus gebracht hat.
Lenore: ernst, schlicht, warmherzig – doch in den Szenen mit den Freunden des Bruders die elegante Weltdame, ein wenig hochmütig sogar.
Curt: Repräsentant der leichtfertigen, blasierten, übermütigen jeunesse dorée, ohne besondere Bösartigkeit. Auch die Beschuldigung des Diebstahls (Akt 4) entspringt mehr augenblicklicher Wut als angeborener Bosheit.
Lothar Brandt: ohne jegliche Chargierung zu spielen. Ein schneidiger, korrekter, vom Formenwesen beherrschter Sproß des jungen Deutschlands, den Corpsstudenten- und Gardeton in sich vereinigend.
Hugo Stengel: Berliner Gigerl.
Graf von Trast: Die souveräne Liebenswürdigkeit seines Wesens ist ganz besonders zu betonen.
Robert Heinecke: Im ersten Akt ist sorgfältig der allmähliche Übergang von unbefangener, fast kindlicher Herzlichkeit durch verschiedene Stufen des Befremdens bis zum auflodernden Argwohn zum Ausdruck zu bringen. Die Worte: »O hätt ich die Heimat niemals wiedergesehn« (Szene mit Trast) können nur durch genaueste Schattierung des vorhergegangenen Stimmungswechsels genügend vorbereitet

werden. In den Tiraden des dritten Aktes muß überflüssiges Pathos vermieden werden. Nur durch schlichteste Darstellung kommt die große Auseinandersetzung mit der Familie zur vollen Wirkung. Im vierten Akt finster, verbissen, ein Mann, der selbst zum Morde entschlossen ist.
Der *alte Heinecke*: trottelhaft, polternd. – Das wiederkehrende kurze Lachen »he he« in hoher Tonlage, albern. – Im dritten Akt muß possenhafte Verzerrung sorgfältig vermieden werden.
Frau Heinecke: weich, einfältig. Die Gemeinheit der beiden Eltern entspringt nicht ihrer Naturanlage, sondern den bettelhaften Verhältnissen, in denen sie ein Leben lang gesteckt haben.
Alma: naiv-verdorben, leer an Geist und Gemüt. In der Szene mit Robert (dritter Akt) glaubt sie anfangs selbst an ihr Magdalenentum, erst die Verweigerung der durchaus unschuldig gemeinten Bitte, auf den Maskenball gehen zu dürfen, stachelt ihren Trotz auf und bringt all ihre Niedrigkeit zum Vorschein. – Nach ihrer Wiederkehr im indischen Kleide sitzt sie teilnahmlos lächelnd da, nur mit ihrem Putze beschäftigt.
Auguste: habgierig, spitzig, klug.
Michalski: voll drollig wirkender Rohheit.

Das Berlinisch, welches die Leute des Hinterhauses reden, ist im Texte nicht bis in alle Einzelheiten verfolgt worden. Hier muß die Dialektkenntnis des Schauspielers nachhelfend einwirken. Besteht das Ensemble aus Mitgliedern, welche des Berlinischen Patois nur unvollkommen mächtig sind und keine Möglichkeit haben, sich dasselbe anzueignen, so empfiehlt es sich, ein niedrig klingendes Hochdeutsch an seine Stelle zu setzen. Jedenfalls darf das Berlinisch nicht mit Wiener Akzent gesprochen werden.
Eine besondere Sorgfalt muß von Seiten der Regie auf die Ausstattung des Hinterhauszimmers gerichtet werden. – Die vier kahlen Wände mit etlichem dürftigen Hausrat, wie sie

häufig bei der Veranschaulichung von Armenleutswohnungen beliebt werden, genügen hier keineswegs. – Das Zimmer muß trotz aller Ärmlichkeit beinahe überfüllt erscheinen und mit allerhand Gerümpel vollgestellt sein. – An den Wänden eingerahmte Holzschnitte, Papparbeiten auf Konsolen, alte Porzellantassen, Zuckerdosen, billige Vasen etc.

Literaturhinweise

Busse, Kurt: Hermann Sudermann. Sein Werk und sein Wesen. Stuttgart/Berlin 1927.

Corkhill, Alan: »Ehre hier ist Schande dort.« Hermann Sudermann and the protean concept of honour. In: Die »Ehre« als literarisches Motiv. E. W. Herd zum 65. Geburtstag. Hrsg. von August Obermayer. Dunedin: University of Otago, Dpt. of German, 1986. (Otago German studies. 4.) S. 107–119.

Cowen, Roy C.: Hermann Sudermann, Die Ehre. In: R. C. C.: Der Naturalismus. Kommentar zu einer Epoche. München 1973. S. 164–171.

Eilert, Heide: Hermann Sudermann: ›Die Ehre‹. In: Dramen des Naturalismus. Interpretationen. Stuttgart 1988. S. 47–66.

Kuhn, Dorothea (Hrsg.): Hermann Sudermann. Porträt und Selbstporträt. Marbach a. N. 1978. (Marbacher Magazin. 10.)

– Zum Nachlaß von Hermann Sudermann. In: Jahrbuch der Deutschen Schillergesellschaft 24 (1980) S. 458–470.

Leux, Irmgard: Hermann Sudermann (1857–1928). Eine individualanalytische und schaffenspsychologische Studie. In: Journal für Psychologie und Neurologie 42 (1931) S. 1–185.

Nohl, Ingrid: Das dramatische Werk Hermann Sudermanns. Versuch einer Darstellung seiner Gesellschaftskritik auf dem Theater im 19. und 20. Jahrhundert und im Film. Diss. Köln 1973.

Rix, Walter T. (Hrsg.): Hermann Sudermann. Werk und Wirkung. Würzburg 1980.

– Hermann Sudermann. In: Deutsche Dichter. Leben und Werk deutschsprachiger Autoren. Hrsg. von Gunter E. Grimm und Frank Rainer Max. Bd. 6. Stuttgart 1989. S. 298–308.

Stuhlmacher, Brigitte: Berliner Häuser in modernen Dramen. Exempel: Hermann Sudermann (›Die Ehre‹) und Gerhart Hauptmann (›Die Ratten‹). In: Literarisches Leben in Berlin. 1871–1933. Hrsg. von Peter Wruck. 2 Bde. Berlin 1987. Bd. 1. S. 204–253.

Whitinger, Raleigh: Self-consciousness in 'Die Ehre': a resived view of Hermann Sudermann's first drama. In: Journal of English and Germanic philology 89 (1990) Nr. 4. S. 461–474.

Witte, Bernd: Realismus der mittleren Schicht. Zu den zwei Fassungen von Hermann Sudermanns erstem Schauspiel ›Die Ehre‹. In: Hans-Peter Bayerdörfer / Karl Otto Conrady / Helmut Schanze (Hrsg.): Literatur und Theater im Wilhelminischen Zeitalter. Tübingen 1978. S. 121–138.

Nachwort

Der im April 1889 gegründete Theaterverein »Freie Bühne« eröffnete im September desselben Jahres die Reihe der von ihm veranstalteten Aufführungen mit Ibsens *Gespenstern*.[1] Als er am 20. Oktober im Berliner Lessingtheater mit Gerhart Hauptmanns sozialem Drama *Vor Sonnenaufgang* zum ersten Mal einen deutschen Naturalisten auf die Bühne brachte, kam es bekanntlich zu einem handfesten Theaterskandal. Abgesehen von den obligatorischen Beifalls- und Mißfallenskundgebungen der Parteigänger und Feinde des jungen Autors, ließ die Aufführung die Zuschauer merkwürdig kalt. Ein so wohlwollender Kritiker wie Theodor Fontane konstatierte anderntags in der *Vossischen Zeitung*: »Von einer großen Wirkung war aber nichts wahrzunehmen, weder bei Freund noch Feind, und befrage ich mich, welchen Eindruck ich persönlich von den Szenen empfing, auf die ich, wenn ich Sportsmann wäre, gewettet haben würde, so war es vorwiegend der der Langeweile.«[2]
Von dem eher kühlen Empfang, den das Berliner Publikum Hauptmanns Erstling bereitete, hebt sich der Beifall um so entschiedener ab, mit dem es einen Monat später am gleichen Ort Hermann Sudermanns erstes Stück *Die Ehre* aufnahm. Das vom Direktor des Lessingtheaters, Oskar Blumenthal, angeregte und von ihm inszenierte Drama machte den bis dahin unbekannten ostpreußischen Schriftsteller mit einem Schlage nicht nur in Berlin, sondern in Deutschland und darüber hinaus in Europa berühmt. Noch sieben Jahre

1 Dieses Nachwort ist die umgearbeitete und aktualisierte Fassung meines Aufsatzes: »Realismus der mittleren Schicht. Zu den zwei Fassungen von Hermann Sudermanns erstem Schauspiel *Die Ehre*. In: Hans-Peter Bayerdörfer / Karl Otto Conrady / Helmut Schanze (Hrsg.): Literatur und Theater im Wilhelminischen Zeitalter. Tübingen 1978. S. 121 ff.
2 Theodor Fontane: Sämtliche Werke. Aufsätze, Kritiken, Erinnerungen. Bd. 2: Theaterkritiken. München 1969. S. 821.

später erinnerte sich der Kritiker Alfred Kerr, der damals schon ein erbitterter Gegner Sudermanns war und demnach ein unverdächtiger Zeuge ist, an den Abend der Uraufführung als ein außergewöhnliches Theaterereignis: »Eines Abends, mit zweiundzwanzig Jahren, ging ich ins Lessingtheater [...] Es war am siebenundzwanzigsten November. Zum ersten Male spielte man das Stück eines Unbekannten, ›Die Ehre‹ [...] Ich konnte die Parkettmenschen nicht sehen. Aber ich hörte sie! Ihre begeisterten Stimmen und ihre zusammenschlagenden Hände. Es war ein namenloser Erfolg. Die Darstellung unterbrach man durch Beifallssalven und durch Lachsalven. Angeregter Lärm ging durch das Haus; nach jedem Akt neigte sich der Verfasser viele Male.«[3] Ähnlich enthusiastisch erinnert sich Sudermanns Studienfreund und späterer Mitarbeiter Otto Neumann-Hofer: »Wer diesen Tag nicht selbst miterlebt hat, kann sich keine rechte Vorstellung von der Wirkung des Ereignisses machen. Das Publikum war wie berauscht; etwas Neues und Unerhörtes schien in sein Leben getreten zu sein.«[4] Das Lessingtheater spielte die Uraufführungsinszenierung über hundertmal vor ausverkauftem Haus.[5] Auch an den Bühnen des übrigen Deutschland, einschließlich Münchens, wurde das Stück zum »Erfolg der Saison«.[6] Selbst aus Wien, dem Zentrum des Widerstands gegen das naturalistische Theater Berliner Prägung, waren von der Erstaufführung im Theater an der Wien »Beifallsstürme« zu vermelden, die als »jubelnder Willkommensgruß an die Moderne auf der Wiener Bühne« gefeiert wurden.[7] Insgesamt wurde das Stück in seiner ersten Spielzeit an 151, in der zweiten noch einmal an

3 Alfred Kerr: Die Welt im Drama. Bd. 1. Berlin 1917. S. 219 f.
4 Otto Neumann-Hofer: Ein vierzigjähriger Erinnerungstag. In: Lippische Landeszeitung. Nr. 277. 26. 11. 1929.
5 Vgl. ebd.
6 Fedor Mamroth: Aus der Frankfurter Theaterkritik. Bd. 1. Berlin 1908. S. 33.
7 Julius Kulka: Wiener Theaterbriefe. In: Moderne Dichtung 1. 1890. S. 716.

61 Theatern inszeniert.[8] Die Buchausgabe erreichte bis zum Todesjahr des Autors eine Auflage von fünfundsechzig Tausend.[9]

Merkwürdigerweise scheint auch der Kampf zwischen Gegnern und Vorkämpfern der Moderne, der die damalige ästhetische Diskussion in zwei Lager spaltete, den Erfolg von Sudermanns Stück nicht beeinträchtigt zu haben. Schon ein zeitgenössischer Beobachter mußte verwundert feststellen, »daß die alten Herren wie die jungen Realisten in seltener Übereinstimmung dem Stücke ungeteilte Anerkennung zollten«.[10] Der einflußreichste Vertreter der alten Schule war Karl Frenzel, der langjährige Feuilletonredakteur der Berliner *Nationalzeitung*, der auf Shakespeare und Schiller sich berufend, die Werke Paul Lindaus und Ernst von Wildenbruchs publizistisch durchsetzte, während er gegen die Einführung Ibsens und Hauptmanns auf den Berliner Bühnen erbittert polemisierte. Trotzdem begrüßte er in einer Rezension in der *Deutschen Rundschau* Sudermannns Darstellung des Milieus im Hinterhaus als »Triumph der realistischen Richtung« und »Entdeckung eines hervorragenden dramatischen Talents«: »Diese lebenswahren Schilderungen sind das Verdienst und die Eigenart des Stückes; sie zeigen, was ein kühnes, scharf beobachtendes, rücksichtslos das Geschaute wiedergebendes Talent auf der Bühne wagen darf; sie knüpfen an Wagners ›Kindesmörderin‹, an Schillers ›Kabale und Liebe‹ an und sind poetisch betrachtet weitaus die bedeutendste Leistung der naturalistischen deutschen Schule. Hier ist nicht mehr Propagandadichtung, sondern poetisches Leben; nicht mehr eine durch die Propaganda-

8 Ingrid Nohl: Das dramatische Werk Hermann Sudermanns. Versuch einer Darstellung seiner Gesellschaftskritik auf dem Theater im 19. und 20. Jahrhundert und im Film. Diss. Köln 1973. S. 132.

9 Beilage zu: Dorothea Kuhn (Hrsg.): Hermann Sudermann – Porträt und Selbstporträt. Marbach a. N. 1978. (Marbacher Magazin. 10.)

10 Hercher-Wachler: Über den künstlerischen Wert der Sudermannschen ›Ehre‹. Kritische Studie. In: Die Gesellschaft 6 (1890) S. 1508.

brille betrachtete Natur, sondern die Einfachheit der Natur selbst.«[11] Dieselben charakteristischen Züge werden auch in den Kritiken der Naturalisten Conrad Alberti, Heinrich Hart und Otto Brahm hervorgehoben, jedoch in einen anderen Traditionszusammenhang gestellt.[12] Auch sie sehen die »eigentliche Bedeutung« des Stückes »in der lebensvollen Charakteristik der Arbeiterfamilie und des Fabrikherrn«.[13] Jedoch führen sie dieses »Vordringen des Realismus in die mittlere Schicht der deutschen Produktion« auf den Einfluß Ibsens und seines ein Jahr zuvor in Deutschland erstaufgeführten Spätwerks *Die Wildente* zurück, während sie die von Frenzel betonten Bezüge zum Sturm und Drang als Elemente trivialer Unterhaltungsliteratur abwerten.[14]

Das Paradox, daß die Kritik sich trotz ihrer entgegengesetzten ästhetischen und ideologischen Wertmaßstäbe zu dieser einhelligen Zustimmung zusammenfand, findet darin seine Auflösung, daß Sudermanns Drama die Tendenz des Zeitalters in exemplarischer Weise auf die Bühne brachte. Indem es den sozialen und ästhetischen Erwartungshaltungen des Publikums Ausdruck verlieh, wurde es zu einem epochentypischen Text, in dem ein Zeitalter, das des eben anbrechenden Wilhelminismus, sich wiedererkannte. Sein Autor vermochte den tiefgreifenden sozialen und politischen Wandel dieser Jahre in Deutschland treffsicher einzufangen, weil er selbst unmittelbar von ihm betroffen war und zugleich aktiv in ihn eingriff. Die Innenpolitik des deutschen Reiches in den achtziger Jahren war durch die Auseinandersetzung um Schutzzollpolitik und Sozialgesetzgebung Bismarcks ge-

11 Karl Frenzel: Die Berliner Theater. In: Deutsche Rundschau 62 (1890) S. 303. (Frenzel schreibt »Kindesmörderin« anstatt des Originaltitels *Die Kindermörderin.*)

12 Conrad Alberti. In: Die Gesellschaft 6 (1890) S. 1350.

13 Heinrich Hart: Hermann Sudermann, Die Ehre (29. 11. 1890). In: H. H.: Gesammelte Werke. Bd. 4. Berlin 1907. S. 294.

14 Otto Brahm: Sudermann: Die Ehre (Die Nation. 30. 11. 1889). In: O. B.: Kritische Schriften. Bd. 1. Berlin 1915. S. 280–284.

kennzeichnet, durch die auch das Bürgertum politisch in zwei Lager gespalten wurde. In diesem Kampf, durch den die Durchsetzung und Festigung liberaler Traditionen in Deutschland eine verhängnisvolle Schwächung erfuhr, ergriff Sudermann als junger Journalist Partei für die linksliberalen Sezessionisten um den Reichstagsabgeordneten Heinrich Rickert. 1881 wurde er alleiniger Redakteur von dessen neugegründetem publizistischen Sprachrohr, der Wochenschrift *Deutsches Reichsblatt*. Unter seiner Ägide vertrat die Zeitung »die Interessen der Exportindustrie, der Außenhandelswirtschaft und der Banken« gegen Bismarcks protektionistische Politik.[15] Ab 1883 arbeitete Sudermann als freier Mitarbeiter für den *Reichsfreund*, die Zeitung der Fortschrittspartei, der anderen großbürgerlich-liberalen Gruppierung.

Seiner sozialen Herkunft nach gehörte Sudermann jedoch keineswegs dem Großbürgertum an, für dessen Interessen er sich publizistisch einsetzte. Er wurde am 30. September 1857 in dem ostpreußischen Dorf Matziken als Sohn eines Bierbrauers geboren. Die eher bescheidenen ökonomischen Verhältnisse seines Elternhauses müssen bei ihm schon früh zu einem tiefsitzenden Trauma geführt haben, das ihn zum ehrgeizigen, überangepaßten Aufsteiger werden ließ. Sein grandseigneurialer Lebensstil, den ihm seine literarischen Erfolge ermöglichten, – seit 1897 lebte er in dem später von ihm gekauften Schloß Blankensee in der Mark Brandenburg – muß auch als Kompensation dieser frühen Mangelerfahrungen verstanden werden. In seiner Autobiographie *Das Bilderbuch meiner Jugend* erinnert sich Sudermann: »Daß mein Elternhaus sich nicht zu den ersten – den Honoratioren – zählen wollte und durfte, sondern im Mittelstande seinen Platz hatte, war der große Schmerz meiner Kindheit.

15 Vgl. hierzu: Arno Panzer: Hermann Sudermann – eine politische Biographie. In: Walter T. Rix (Hrsg.): Hermann Sudermann – Werk und Wirkung. Würzburg 1980. S. 9–30.

Vielleicht wurzelt in ihm letzten Endes mein Ehrgeiz, mein Trotz, mein Fleiß, mein Streben zur Höhe.«[16]
Seine Studien, von wohlhabenderen russischen Verwandten finanziert und in Königsberg begonnen, brachten den angehenden Autor 1877 nach Berlin, wo er sich mit seinem Freund Neumann-Hofer unter den Proletariern des Berliner Nordens niederließ. Die Milieustudien aus dieser Zeit haben ihren anschaulichen Niederschlag in den Schilderungen des Hinterhauses in *Die Ehre* gefunden. Als weder seine ersten schriftstellerischen Versuche noch sein Studium zu dem gewünschten Erfolg führten, kam es zu einer depressiven Krise, der ersten von vielen in Sudermanns Leben, vor der er in seine ostpreußische Heimat floh. Dort sei ihm, wie es in *Das Bilderbuch meiner Jugend* heißt, klar geworden, wie sehr er über die Welt seiner Kindheit inzwischen hinausgewachsen war, eine Erfahrung, die sich bei ihm »jahrzehntelang« als »Scheu, meinen Heimatgenossen zu begegnen«, niedergeschlagen habe.[17] Für Sudermann, dem durch die Konfrontation mit seinem urprünglichen sozialen Milieu die eigene Selbstentfremdung bewußt geworden war, stellte der diese Erfahrung aufnehmende dramatische Erstling nichts anderes dar als einen Versuch, sich im Medium der Literatur über seine neue Lage Klarheit zu verschaffen und zugleich durch einen Theatererfolg die materielle Sicherung für die erstrebte großbürgerliche Lebensform sich zu erschreiben.
Die beiden Merkmale, die den gesellschaftlichen Ort des Autors Sudermann markieren, seine bescheidene Herkunft wie seine großbürgerlichen Aspirationen, charakterisieren auch den Helden seines Dramas. Nicht die im Titel genannte und die dramatische Handlung vorwärtstreibende Infragestellung überholter Ehrbegriffe steht nämlich im Mittel-

16 Hermann Sudermann: Das Bilderbuch meiner Jugend. Stuttgart/Berlin 1922. S. 56. Weitere Materialien zur Biographie bei Kuhn (Hrsg.): Hermann Sudermann – Porträt und Selbstporträt.
17 Sudermann: Das Bilderbuch meiner Jugend. S. 363.

punkt des Stückes, sondern die Problematik des gesellschaftlichen Aufsteigers. Schon die erste Szene deutet diese Konstellation an: Frau Heinecke, die Arbeiterfrau aus dem Hinterhaus, berichtet ihrer Nachbarin über die unvermutete Heimkehr ihres Sohnes Robert, der zehn Jahre als Geschäftsführer in Indien gelebt hat: »Jestern abend gegen Uhre achte ... Heinecke ist übern Lokalanzeiger eingedruselt, und ick sitz nu da und näh [...] – da kloppt's und ein Mann kommt rein – was sag ich, ein Herr, ein feiner Herr in einem teuren Biberpelz [...].« Die in diesen Sätzen sich andeutende Entfremdung zwischen dem arrivierten Kaufmann und seinem proletarischen Ursprungsmilieu wird in den folgenden Szenen entfaltet und führt schließlich zum Konflikt. Robert versteht die Sprache seiner Eltern nicht mehr. Als seine Mutter ihm über das Verhältnis seiner Schwester Alma mit Curt Mühlingk, dem jungen Herrn aus dem Vorderhause, berichtet und auf die Frage, was sie sich denn dabei gedacht habe, antwortet: »Na ja. – Ick dachte: Se jeht eben mit ihm«, fragt Robert mehrmals verständnislos nach: »Geht? Wohin geht?« und »Allein?«, ehe er begreift, was seine Mutter sagen will. Aber er versteht vor allem die Interessen und die Wertmaßstäbe seiner Eltern nicht mehr. Mit moralischer Entrüstung verurteilt er die unreflektierte Bereitwilligkeit, mit der seine Familie die ihr aus Almas Verhältnis entstehenden materiellen Vorteile annimmt, – von Braten und Wein über die Möbel bis hin zu den vierzigtausend Mark »Abstandsgeld«, die der alte Kommerzienrat Mühlingk für die verletzte Jungfrauenehre Almas zu zahlen bereit ist. Die idealistischen Vorstellungen, die Robert sich im fernen Indien von seinen Eltern und Geschwistern erträumt hat, werden desillusioniert, so daß er schließlich pathetisch feststellen muß: »Ich schäme mich des Standes, in dem ich geboren bin. – Die Meinigen gelten mir nichts mehr. – Mein ganzes Wesen zieht sich zusammen in der Berührung mit ihnen [...] ich glaube beinah, ich achte den Schoß nicht mehr, der mich getragen hat.«

Diese Fremdheit gegenüber seiner Herkunft kompensiert Robert durch seine Anhänglichkeit an den alten Mühlingk, der ihm die Schulbildung finanziert und eine Stellung im indischen Kontor seiner Firma verschafft hat, weil er sich schuldig fühlt an dem Unfall, der Roberts Vater zum Invaliden gemacht hat. Lenore, der Tochter Mühlingks, die er seit seinen Kindertagen heimlich liebt und verehrt, bekennt er: »Ihr Vater hat mich in einer großmütigen Wallung aus der Niedrigkeit emporgehoben ... Was ich denke und fühle, verdank ich ihm. Damit hab ich das Recht der Selbstbestimmung verloren. Ich bin ein Höriger dieses Hauses.« Überdeutlich läßt Sudermann hier seinen Helden die Kehrseite des gesellschaftlichen Aufstiegs aussprechen, durch den Robert nicht nur seiner Familie, sondern auch sich selbst entfremdet wird. Mit dem Eifer des Neophyten verinnerlicht er die Wertvorstellungen des reichen Bürgertums. Daraus entstehen die Konflikte des Stückes, das Beharren auf der Ehre seiner Familie ebenso wie die Vorstellung, er könne Lenore nicht heiraten, weil sie gesellschaftlich so hoch über ihm stehe. Erst als er, von seinem Freund, dem Grafen Trast, und von Lenore unterstützt, die Welt des Kommerzienrats als ebenso hohl durchschaut wie die seiner Eltern, findet er zu sich selbst und damit das Drama zu seinem undramatischen Ende.
Die Selbstentfremdung des Aufsteigers war in der Gesellschaft der achtziger und neunziger Jahre, die durch eine rasche Industrialisierung und Verstädterung von Grund auf sich wandelte, nicht nur ein Problem des intellektuellen Außenseiters. Sie betraf, wie schon Hermann Bahr in einer zeitgenössischen Kritik der *Ehre* intuitiv vermerkt hat, fast alle sozialen Schichten. »Das ist die Stimmung vieler Jünglinge, die unter dem Streite ihrer Seele mit dem Leben leiden. Es ist die Stimmung aller Einwanderer aus engen in weite Verhältnisse, wo sie sich denn mit ihren alten Gedanken in die neuen Dinge nicht mehr finden. Es ist die Stimmung der plötzlich großen Städte, da dort die Erwach-

senen jetzt anders leben sollen als die Kinder erzogen wurden.«[18]

Dieser allgemeineren Geltung der in der zentralen Figur des Robert gestalteten Erfahrung wird Sudermanns Schauspiel dadurch gerecht, daß es sie in den Nebenfiguren variiert. In ihrer Art sind nämlich auch die anderen Mitglieder von Roberts Familie ebenso wie der Patriarch des Vorderhauses soziale Aufsteiger. Almas Gesangsunterricht und ihr Verhältnis mit Curt sind ihr eigener Weg, um sich aus dem miserablen Milieu des Hinterhauses zu befreien und das zu erreichen, was sie für die große Welt hält. Die proletarischen Eltern sind durch ihre Teilhabe an den materiellen Segnungen des Vorderhauses in ihrem Bewußtsein so gespalten, wie das Mobiliar ihrer Stube disparat erscheint. Die Regieanweisung fordert zwischen »kleinbürgerlicher, stark verschlissener Ausstattung« und »brüchigem Hausrat« »etliche Prunkstücke: zwei seidene Sessel [...] und ein großer, goldener Trumeau«. Selbst der reiche Kommerzienrat glaubt seine Kinder daran erinnern zu müssen, daß er einmal klein angefangen habe und daher ihre verwöhnten Ansprüche nicht billigen könne: »Ich bin ein schlichter, bürgerlicher Mann ... Ich habe mich durch eigene Kraft aus kleinen Anfängen emporgearbeitet ...« Was sein Sohn Curt ironisch kommentiert: »Das heißt – er hat eine gute Partie gemacht.«

Aus dieser Figurenkonstellation, in der die gesellschaftliche Mobilität der beginnenden Wilhelminischen Ära ihren Ausdruck gefunden hat, scheint nur Graf Trast, der Freund und Vertraute Roberts, herauszufallen. Er hat als Adeliger und Offizier wegen seiner Spielschulden einen unehrenhaften Abschied von seinem Kavallerieregiment nehmen müssen und ist, wie er selbst sagt, zum »Spekulanten in Kaffee, Gewürznelken und Elfenbein« geworden. Gerade dieser scheinbare Abstieg bestätigt jedoch die bürgerliche Ideologie

18 Hermann Bahr: Wiener Theater (1892–1898). Berlin 1899. S. 30f.

des Stückes auf das genaueste. Wie schon dreißig Jahre zuvor Gustav Freytags bürgerlicher Kaufmann Anton Wohlfahrt seine Bürgerlichkeit vor allem dadurch unter Beweis stellte, daß er die adeligen Privilegien in Gestalt des Fräulein von Rothsattel verschmähte und statt dessen eine Bürgerliche heiratete, so kann auch hier Trast nur durch den Verzicht auf seine adeligen Vorrechte und Vorurteile zum Inhaber einer Firma aufsteigen, die »allmächtig ist von Yokohama bis nach Aden«. Als »Kaiser von Kaffeesacks Gnaden«, wie er sich ironisch nennt, weiß er sich seinen ehemaligen Standesgenossen weit überlegen und kann daher dem Bürgertum des Kaiserreichs, das die Legitimation seiner sozialen Stellung aus wirtschaftlichen Erfolgen zieht, als Bekräftigung seiner Anschauungen dienen.

Das Operettenfinale des Stücks, in dem der Großkapitalist als der alle Konflikte auflösende deus ex machina auftritt, beweist noch einmal, daß die Einsicht, zu der Sudermann die Zuschauer hinführen will, nicht in der von Trast theoretisch vertretenen Relativierung des Ehrbegriffs und der blaß und abstrakt geforderten Pflichterfüllung zu suchen ist. Vielmehr sollen die traditionellen Lebenshaltungen und Moralvorstellungen sowohl der Arbeiter wie des Bürgertums vor dem Hintergrund der im Laufe des Stückes in immer neuen Variationen demonstrierten Tatsache, daß alles käuflich ist, als Ideologie entlarvt werden. Am Ende erweist sich das Geld als die Macht, die ohne Ausnahme das gesellschaftliche Leben beherrscht. Der plötzliche Reichtum schafft nicht nur, wie eine an Situationskomik reiche Szene belegt, den armen Heineckes ein neues Bewußtsein, sondern zwingt auch den reichen Kommerzienrat zur Meinungsänderung. Er stimmt – das ist die Schlußpointe – der Heirat von Robert und Lenore, der er sich bis dahin energisch widersetzt hat, zu, als er erfährt, daß Trast Robert zu seinem Kompagnon und Alleinerben eingesetzt hat. Sudermanns Stück entlarvt so die gesellschaftlichen und ethischen Konventionen als Verbrämung von Geschäftsinteressen und stellt sich damit in die Tradition realistischer Gesellschaftskritik. Seine Moral lautet: Die Menschen sind, was sie haben.

In diesem Sinne hat *Die Ehre* eine aufklärerische Wirkung ausüben können in einer Zeit, die ihre ökonomischen Zielsetzungen hinter idealistischen Phrasen zu verstecken liebte und die noch Stahlwerke und Kohlengruben mit gotischen Türmen und Zinnen verzierte. Doch kommt solche kritische Intention dadurch sehr schnell an ihre Grenzen, daß die ökonomischen »Realitäten« als naturgegeben und unabänderlich dargestellt werden. Am deutlichsten dort, wo Trast Robert klar zu machen versucht, daß seine Schwester Alma aufgrund der durch das Abstandsgeld ermöglichten reichen Mitgift trotz ihrer verlorenen Ehre ein viel »größeres Kapital« besitze und daher »eine weit begehrenswertere Partie« sei als zuvor. Auf Roberts Protest gegen diesen Zynismus: »Trast, du bist roh, du bist grausam«, weiß dieser nur zu antworten: »Roh, wie die Natur, grausam, wie die Wahrheit.« In diesen Worten wird zwar die Ehe als eine der zentralen Institutionen bürgerlicher Moral auf ihre materielle Grundlage reduziert, zugleich aber auch das nackte ökonomische Interesse zum Naturgesetz erhoben und der »Tauschwert«, wie auch sonst in der Handlung des Stückes, zur obersten Wahrheit erklärt.

Vor dem Hintergrund kolonialer Gewinnerwartungen, wie sie sich in Trasts Kaffee- und Gewürzimperium nicht untypisch für die Aspirationen der offiziellen Politik des Wilhelminischen Reiches durchsetzen, kann diese auf ihre bloßen Erwerbsinteressen fixierte Gesellschaft noch in einem optimistischen, am Ende gar märchenhaften Licht gesehen werden. Aus dem Sohn des armen Hinterhauses wird der reiche Kaufmann, dessen Geschäftsbeziehungen bis in die fernsten exotischen Länder reichen. So verspricht das Stück jedem, dem verarmten Adligen wie dem Bürger und dem aufstiegswilligen Proletarier, eine goldene Zukunft unter der einzigen Bedingung, daß er sich von seinen herkunftsbedingten moralischen Vorurteilen frei macht und nur den eigenen Gewinn fest im Auge behält. Daher auch ist zu vermuten, daß die Zuschauer vom Parkett bis zu den obersten Rängen mit ihren Ovationen nicht so sehr das kritische Gesellschaftsstück, als vielmehr ihre eigenen Erfolgsträume gefeiert haben. Daß diese Deutung der Reaktionen im Zuschauerraum zutrifft, belegen die auffallend ähnlichen Vorgänge bei der einen Monat zuvor erfolgten Uraufführung von Hauptmanns *Vor Sonnenuntergang*. Während das Stück, wie Paul Schlenther berichtet, in Tumult und Zuschauerprotesten unterging und die zentrale Gestalt des Sozialisten und Gesellschaftsreformers Loth erbittert abgelehnt wurde, fand sein Gegenspieler, der erfolgreiche und prinzipienlose Geschäftemacher Hoffmann, ungeteilten Beifall: »Während dieser ganzen Auseinandersetzung [zwischen Loth und Hoffmann am Ende des dritten Akts] stellte sich der weitaus größte Teil des Publikums mit wahrer Parteileidenschaft auf den Standpunkt Hoffmanns; nachdem der vorzügliche Darsteller Herr Gustav Kadelburg abgetreten war, folgte ihm Beifall, als ob er ein Parteiführer im Parlament wäre. Der arme Loth hingegen ward ausgelacht und, seltsam genug, mit ihm zugleich der Dichter.«[19] Als einem der Mitbegründer der Freien Bühne entgeht es Schlenther nicht, daß die Publikumsreaktionen den neuen, realistischen Stücken gegenüber nicht mehr in erster Linie von ästhetischen, sondern von sozialen und politischen Interessen geprägt werden. Auf diesem Gebiet aber hatte Sudermanns Schauspiel die Tendenz der Mehrheit zu treffen gewußt, während Hauptmann, indem er den Sozialreformer Loth zum Helden seines Stükkes machte, ihr widersprach. Daher der Erfolg des einen und der Mißerfolg des anderen.

19 Paul Schlenther: Wozu der Lärm. Genesis der Freien Bühne. Berlin 1889. S. 70.

Die soziale Problematik des Stückes findet ihren unmittelbaren Niederschlag in dessen ästhetischer Ambiguität, die durch die Zweiteilung des Bühnengeschehens bedingt ist. Der erste und dritte Akt spielen im Hinterhaus; die dort auftretenden Personen sprechen einen künstlichen Berliner Dialekt. Der zweite und vierte Akt stellen dem die Hochdeutsch sprechende Welt des Vorderhauses gegenüber, in der sich, ausgelöst durch den zwischen beiden Welten stehenden Helden, ein tragischer Konflikt anzubahnen droht. Dieses Schwanken zwischen konventionellen und realistischen Darstellungsformen, das den traditionalistischen wie den naturalistischen Kritikern das ihnen jeweils Genehme in dem Stück zu finden erlaubte, hat innerhalb des Handlungsablaufes eine konkrete dramatische Funktion. Es macht im Gegeneinander von Dialekt und Hochdeutsch das soziale Gefälle, aus dem heraus der Konflikt entwickelt wird, auch szenisch sichtbar und hörbar. Dabei ist Sudermann, wie die in seinem Nachlaß erhaltene fünfaktige Manuskriptfassung des Stückes belegt, den umgekehrten Weg gegangen wie drei Jahre nach ihm Gerhart Hauptmann in *Die Weber*.[20] Wäh-

20 Der handschriftliche Nachlaß Sudermanns, darunter die Entwürfe und die handschriftliche fünfaktige Manuskriptfassung der *Ehre*, befindet sich im Cotta-Archiv des Schiller-Nationalmuseums Marbach a. N., das dankenswerterweise eine Photokopie der Handschriften zur Verfügung stellte. Neben einzelnen Entwürfen und Skizzenblättern sind zu jedem der fünf Akte der *Ehre* mehrere hs. Konvolute von Sudermanns Hand erhalten (von fremder Hand beziffert A bis E.) In ihnen lassen sich grundsätzlich zwei Textstufen unterscheiden:

1. die von mir so genannte Manuskriptfassung mit dem Titel ›Die Ehre des Hinterhauses‹. Ein Manuskript des fünfaktigen Schauspiels, das in seinem Textstand große Unterschiede zur Druckfassung aufweist. (Zum Inhalt/vgl. Nachw. S. 130 ff.) Diese Manuskriptfassung besteht aus den hs. Konvoluten A^2, $B^{4/5}$, C^3 und Nachtrag, D^3 und E^1. (Neben diesen Fassungen der fünf Akte, die jeweils die dem Reinschriftcharakter am meisten angenäherten Ms. repräsentieren, sind mehrere textlich kaum abweichende Vorstufen vorhanden.)
2. eine Fassung, die in ihrem Textstand der vieraktigen Druckfassung schon weitgehend angenähert ist. Der einzige bedeutende Unterschied besteht darin, daß in dieser Fassung auch die im Hinterhaus spielenden Akte 1 und 3 noch in Hochdeutsch abgefaßt sind. Diese Vorform der

rend dieser das ursprüngliche Dialektstück für die Aufführung dem Hochdeutschen annähert, hat Sudermann den Dialekt erst nachträglich in die Bühnenfassung eingeführt. Dieser Unterschied in der Verfahrensweise läßt auf die unterschiedliche Intention der Schreibenden schließen. Hauptmann sieht in der Dialektsprache eine poetische Realität, die es für die Bühne neu zu entdecken gilt. Er will, wie er rückblickend schreibt, »dem Dialekt seine Würde zurückgeben.«[21] Sudermann hingegen benutzt ihn strikt funktional als Ausdrucksform sozialer Gegensätze. Daß er sich der Bedeutung dieser literarischen Technik für die innere Ökonomie seines Stückes und dessen realistische Wirkung durchaus bewußt war, beweist die Hartnäckigkeit, mit der er sie bei den Proben zur Uraufführung gegen den Widerspruch Oskar Blumenthals und der Schauspieler verteidigte.[22]

Die analysierte formale Zweiteilung deckt sich nur zum Teil mit dem tieferen Widerspruch, der als Gegeneinander von ökonomischer und moralischer Determination der Personen und ihrer Handlungen das ganze Stück durchzieht. Auf der einen Seite unternimmt Sudermann den Versuch, soziale Zustände durch die Darstellung ihrer ökonomischen Basis auf der Bühne sichtbar zu machen. Diese Tendenz ist naturgemäß in den im Hinterhaus spielenden Akten am stärksten ausgeprägt. Aber auch im Vorderhaus tritt das dramatische

Druckfassung besteht aus den hs. Konvoluten A^2 (der erste Akt ist also in beiden Fassungen identisch), B^1, C^1 und D^4.

Die unmittelbare Druckvorlage scheint nicht erhalten zu sein. Zum Gesamtkomplex des Sudermann-Nachlasses vgl. die informative Darstellung von Dorothea Kuhn: Zum Nachlaß von Hermann Sudermann. In: Jahrbuch der Deutschen Schillergesellschaft 24 (1980) S. 458–470.

21 Gerhart Hauptmann: Das Abenteuer meiner Jugend. In: G. H.: Sämtliche Werke. Centenar-Ausg. Bd. 7. Frankfurt a. M. / Berlin 1962. S. 1079.

22 Blumenthal hielt Dialektsprache auf der Bühne des Lessingtheaters für unzulässig. So der in den Sammlungen des Kölner Instituts für Theaterwissenschaften vorhandene Bericht des Schauspielers Adolf Klein, der bei der Uraufführung den Grafen Trast in der Maske Sudermanns spielte. Zitiert bei: Nohl: Das dramatische Werk Hermann Sudermanns. S. 149.

Geschehen häufig zugunsten der Illustration des dort herrschenden Milieus zurück. Diesen tendenziell statischen Szenen widerstreitet die scheinbar auf einen tragischen Konflikt zutreibende Haupthandlung, Roberts Kampf um die Ehre seiner Familie. In diesem bei Sudermann im Grunde unvermittelt bleibenden Nebeneinander von undramatischer Milieudarstellung, in der das gesellschaftliche Sein das Denken der Figuren bestimmt, und der dramatischen Handlung, deren Triebkraft der moralische Anspruch des Helden ist, kommt die Aporie zum Durchbruch, in die das deutschsprachige Theater am Ende des neunzehnten Jahrhunderts geraten ist. Der unaufgelöste Widerspruch stellt implizit die Frage, ob es überhaupt noch eine dramatische Handlungsführung im traditionellen Sinne geben kann, wenn das Geschehen auf der Bühne nicht mehr als Kampf des sich selbst bestimmenden Menschen gegen das Schicksal, sondern als ein von wirtschaftlichen Faktoren bestimmtes Verhalten darzustellen ist.[23] Mit anderen Worten: Ist die klassische Form des Theaters überhaupt noch möglich, wenn der moralische Anspruch des Helden, wie das in *Die Ehre* geschieht, als ideologische Verbrämung ökonomischer Interessen entlarvt wird? Diese Infragestellung des herkömmlichen Dramas durch das die liberale Wirtschaftsform begleitende skeptisch rationale Menschenbild meldet sich überall im Theater der Zeit an, in den ›hohen‹ Tragödien Paul Ernsts, die eine tragische Handlung nur noch durch subjektivistische Selbststilisierung und damit durch Verzicht auf Kommunikation mit einem größeren Publikum ermöglichen, ebenso wie in den konsequent naturalistischen Stükken von der Art des *Papa Hamlet* und der *Familie Selicke*, die zugunsten der Zustandsschilderung weitgehend auf dramatische Konflikte verzichten. Selbst in Hauptmanns *Die Weber*, die durch ihre epische Gestaltungsweise und durch die Darstellung der gesellschaftlichen Zustände als veränder-

23 Vgl. hierzu Peter Szondi: Die Krise des Dramas. In: P. S.: Theorie des modernen Dramas. Frankfurt a. M. 1959. S. 20 ff.

barer eine erste Antwort für das Formproblem finden, bricht die grundlegende Aporie in dem aufgesetzten tragischen Schluß des fünften Aktes wieder durch. Am klarsten ist sie jedoch als struktureller Zwiespalt in Sudermanns *Die Ehre* Gestalt geworden.

In derselben Weise, wie Sudermann die gesellschaftlichen Konflikte im märchenhaften Schluß nur scheinhaft löst, hält er sich auch im Formalen an eine Scheinlösung. Er läßt die Figuren, die weitgehend ihrer personhaften Identität verlustig gegangen sind und nur noch als Funktionen ihres Milieus agieren, in Coups aufeinanderstoßen und erzeugt damit anstelle der tragischen eine künstliche theatralische Spannung. Mit schöner Regelmäßigkeit wiederholt sich an jedem Aktschluß dieses spannungserzeugende Moment. Schon zeitgenössische Kritiker, so vor allem Alfred Kerr und Friedrich Spielhagen, haben die hohle Theatralik dieses Verfahrens kritisiert, ohne doch dessen tiefere Notwendigkeit einzusehen.[24] Vom heutigen Standpunkt aus mag man versucht sein, in ihr eine direkte Parallele zu charakteristischen Tendenzen in Wirtschaft und Politik der Wilhelminischen Ära zu suchen. Wie die Politik des letzten deutschen Kaisers weniger durch klare Entscheidungen und langfristige Zielsetzungen als durch spektakuläre Coups getragen wurde, so auch die Handlungen der Sudermannschen Bühnenhelden. Eine solche Konstruktion würde jedoch übersehen, daß es Sudermann zunächst und vor allem um die Lösung eines literarisch-technischen Problems zu tun war,

24 Alfred Kerr: Sudermann. Bis zum ›Glück im Winkel‹. In: A. K.: Die Welt im Drama. Bd. 1. Berlin 1917. S. 218 ff. Vgl. auch A. K.: Intermezzo. Ebd. S. 276:

»Das Drama ward bei dir zum Reißer,
Das Kunstwerk ward bei dir zum Coup.
Du tust empört? ... Knallerbsenschmeißer
... Kotzebue!!
... Kotzebue!!

Friedrich Spielhagen: Neue Beiträge zur Theorie und Technik der Epik und Dramatik. Leipzig 1898. S. 326.

das sich auf dem Hintergrund der zynischen Orientierungslosigkeit der Zeit abzeichnete. Die Aushöhlung der dramatis personae zu bloßen Marionetten, die an den Drähten ihrer ökonomischen Interessen hängen, würde diese zu Protagonisten völlig untauglich machen, wenn sie nicht immer wieder durch dezisionistische Entschlüsse die Initiative an sich rissen und durch weit ausholende, pathetische Gesten sich selbst bestätigten. Ebenso würde die dramatische Handlung ohne diese »künstlich geschaffenen Explosionsstimmungen« versanden.[25]

Gerade dieses ununterbrochene Spiel mit Extremsituationen, die augenblicks in die Katastrophe umzuschlagen drohen, es jedoch niemals tun, beweist die Unmöglichkeit, aus den realistischen Prämissen, die der *Ehre* zugrunde liegen, eine wirkliche Tragödie zu entwickeln. Die Zeitgenossen, die – wie Spielhagen – die Handlung des Stückes als tragisch empfanden, oder gar – wie Sudermanns Freund und Mitarbeiter Otto Neumann-Hofer – behaupteten, es sei in der ursprünglichen Fassung eine Tragödie gewesen, haben sich vom äußeren Schein in die Irre führen lassen.[26] Wie der Nachlaß beweist, war *Die Ehre* von Anfang an als »Schauspiel« geplant. Schon die ersten skizzenhaften Notizen, die unter dem Titel ›Die Ehre des Hinterhauses‹ noch nicht mehr enthalten als einige wenige Stichworte zu jedem der fünf Akte und ein Personenverzeichnis, in dem die

25 Kerr: Die Welt im Drama. Bd. 1. S. 234.

26 Spielhagen (in: Neue Beiträge zur Theorie und Technik der Epik und Dramatik. S. 326) spricht von dem »einem tragischen Ausgang machtvoll zustrebenden Stück«. – In seinem Artikel zur vierzigjährigen Wiederkehr der Uraufführung der *Ehre* (Ein vierzigjähriger Erinnerungstag. In: Lippische Landeszeitung. Nr. 277. 26. 11. 1929) behauptet Otto Neumann-Hofer über die fünfaktige Manuskriptfassung: »Jener [in der Bühnenfassung] geopferte Schlußakt spielte in Krolls Ballsälen am Königsplatz. Der Maskenball spielte darin, den besuchen zu dürfen Alma im dritten Akt ihren Bruder anfleht. Begegnung mit dem Verführer Kurt Mühlingk; Pistolenschuß; Verhaftung; Selbstmord.« Diese Version läßt sich nirgendwo in den Hs. belegen.

Hauptpersonen noch andere Namen tragen als in der endgültigen Fassung, geben als Untertitel ›Schauspiel in fünf Akten‹, woraus geschlossen werden darf, daß auch schon in diesem sehr frühen Stadium das Stück nicht als Tragödie geplant war.[27] Auch die erhaltene fünfaktige, durchgehend in Hochdeutsch abgefaßte Manuskriptfassung geht keineswegs tragisch aus, obwohl sie im Unterschied zu der vieraktigen Druckfassung genau nach dem Schema des »regelmäßigen Bühnendramas« gebaut ist, wie es Gustav Freytag in seinem Kompendium *Die Technik des Dramas* für die zweite Hälfte des neunzehnten Jahrhunderts schablonenhaft kodifiziert hat.[28] Geradezu musterhaft scheinen hier die von Freytag vorgeschriebenen »acht Bestandteile« der Tragödie realisiert.[29] Der erste Akt gibt als »Einleitung« die Atmosphäre des Stückes und bringt an seinem Ende das »erregende Moment«, die Entdeckung von Almas Verführung. Im zweiten Akt, der anders als in der Druckfassung nicht nur in der Wohnung der Mühlingks, sondern auch in der von Roberts Schwager Michalski spielt, ertappt der Held seine eine Schwester mit ihrem Liebhaber in flagranti und entlarvt zugleich die andere als Kupplerin. So wird hier durch das »veranlassende Motiv« die Handlung entfaltet, um im dritten Akt mit dem »tragischen Moment« den Höhepunkt und Umbruch zu erreichen. In der Auseinandersetzung mit seinen Eltern reift in Robert der Entschluß zur Tat, vor der er zugleich erschrickt: »Mutter, in meiner Seele erwacht etwas, das sieht aus wie Mord! Mutter rette Dich und mich!«[30] Dieser in der Druckfassung entfallene

27 Hs. im Cotta-Archiv des Schiller-Nationalmuseums Marbach. Zweiseitige hs. Notiz: »Die Ehre des Hinterhauses. Schauspiel von Hermann Sudermann«. Lenore heißt hier noch Hedwig, Robert und Alma heißen Carl und Lena. Der fünfte Akt spielt, wie in der fünfaktigen Manuskriptfassung, »im Kroll«. Angaben über die Handlung werden nicht gemacht.

28 Gustav Freytag: Die Technik des Dramas. Leipzig ^{1}1863. ^{5}1886.

29 Dieses und die folgenden Zitate von Freytag aus dem Kapitel »Fünf Teile und drei Stellen«. Ebd. S. 100–120.

30 Manuskriptfassung des 3. Aktes. Konvolut C^3 und Nachtrag, 13. Szene.

Satz kennzeichnet auf das genaueste das, was Freytag als das »Herausbrechen der Tat aus der Seele des Helden« definiert. Die fallende Handlung des vierten Aktes, in dem Robert seinen Racheplan ins Werk zu setzen sucht, wird, wie es das Tragödienschema fordert, durch ein »Moment der letzten Spannung« hinausgezögert. Als Robert den zum heimlichen Rendezvous mit Alma eilenden Curt mit der Pistole in der Hand stellen will, tritt ihm Lenore in den Weg. In einer dramatischen Auseinandersetzung, die mit Roberts Ausruf: »Zwischen mir und Ihnen, zwischen Ihrem Blute und meinem Blute ist Feindschaft gesetzt für alle Zeit« unmißverständlich Reminiszenzen an Shakespeares *Romeo und Julia* wachruft, gelingt es Lenore, ihn von ihrer fortdauernden Liebe zu überzeugen.[31] Daraufhin gibt er seine Mordpläne gegen Curt auf: »Was Deines Blutes ist, hat nichts mehr von mir zu fürchten«, um sie nun gegen sich selbst und seine Schwester zu richten. Mit den dunkel drohenden Worten: »Ich und mein Blut gehören mir« wird Lenore und mit ihr der Zuschauer in den fünften Akt entlassen.[32]

Dieser nur in der Manuskriptfassung ausgeführte Schlußakt führt die Protagonisten auf einem Maskenfest in einem öffentlichen Tanzlokal zusammen. Hier stellt sich heraus, daß Alma, die in dem ihr von Robert geschenkten Prachtkleid einer indischen Prinzessin erschienen ist, Curts Rückzieher keineswegs ungelegen kommt. Vielmehr hat sie längst eine neue Stufe des sozialen Aufstiegs erreicht; ist sie doch inzwischen, wie sie Curt in einer als »Märchen« verkleideten Erzählung klarzumachen versucht, die Geliebte eines inkognito reisenden Prinzen geworden. Schließlich wird die durch das Auftreten Roberts scheinbar auf ein blutiges Ende zutreibende Handlung in einem dramatischen Schlußtableau aufgelöst:

31 Manuskriptfassung des 4. Aktes. Konvolut D^3, 15. Szene.
32 Manuskriptfassung des 4. Aktes. Konvolut D^3, 17. Szene.

Robert (ist mit einem Satze gegen die Blätterwand rechts gesprungen, um Trast loszuwerden u. sich den Rücken zu decken, u. hat einen Revolver hervorgerissen, anlegend) Dirne!
Lenore [...] (hat sich in diesem Augenblick durch die Reihe der Umstehenden Bahn gebrochen u. wirft sich, den Schleier zurückreißend, vor die Bedrohte) Nun schieße, wenn Du mußt!
(Sensation! – Die Pistole entsinkt Roberts Händen. Alma, halb ohnmächtig, wird auf einen Wink Trasts von Siegfried hinausgeschafft.)
Curt Lenore, bist Du bei Sinnen? Hast Du bedacht, wo Du bist?
Lenore Nun fühlst Du, mein Lieber, wie es tut, seine Schwester an diesem Ort zu wissen ... (achselzuckend) Oder vielleicht fühlst Du es nicht.
Curt Gieb mir auf der Stelle den Arm!
Lenore Dir? Ich habe nichts mehr mit Dir zu schaffen!
Curt (packt sie) Gieb mir den Arm!
Lenore Robert!
Robert (ihn zurückschleudernd) Noch einmal wag es, sie zu berühren!
Lenore Und wenn Du nach Hause kommst, so sag, daß ich mich dem Manne hier gebe als Ersatz für das, was Ihr ihm nahmt ... Robert, die Ehre der Deinen ist nicht mehr die deine, die Ehre der Meinen ist nicht mehr die meine. Du wie ich sind unserer Pflichten ledig ... Schaffen wir uns eine neue Heimat, eine neue Pflicht.
Robert Und eine neue Ehre!
Trast Bravo! Das heißt, mich nehmt Ihr mit Euch, Kinder! – Und nun Platz da für die neue Ehre, meine Herren! (bahnt mit den Armen einen Weg.)
(Der Vorhang fällt.)[33]

Dieser Schluß, der alle Register des trivialen Schauerdramas zieht, nur um am Ende in die auf einen hohlen Pflichtbegriff begründete Heirat von Romeo/Robert und Julia/Lenore einzumünden, belegt die Tendenz von Sudermanns Schreiben mit aller Deutlichkeit. Indem er die damals allein als »hohe« Literatur geltende Tragödie im formalen Aufbau seines Stückes bis ins Detail hinein nachahmt, erweckt er im

33 Manuskriptfassung des 5. Aktes. Konvolut E[1], 9. Szene.

Zuschauer eine Erwartungshaltung, die der Schluß als absurd desavouiert. Die Tragödie wird angesichts der ökonomischen Zweckrationalität, an der die Personen ihr Handeln ausrichten, zur Farce. Dieser formalen Kontrafaktur entspricht die ironische Umkehrung der Inhalte. An die Stelle des tragischen Todes tritt der exotische Märchenschluß, der Robert als reichen Kaufmann in tropische Gefilde, Alma als Geliebte in die Arme eines Prinzen entführt. Deutlicher als in der schematischen Zweiteilung der Druckfassung, die Sudermann aus Gründen der besseren Aufführbarkeit herstellte, kommt so in der auf Travestierung der Tragödie angelegten ursprünglichen Fassung sowohl die ästhetische Problematik als auch die realistische Moral des Stückes zum Ausdruck. Gesellschaftlicher Aufstieg durch Aufgabe der eigenen Identität und Anpassung an den Zeitgeist wird in ihr als der soziale Wunschtraum der Epoche zugleich dargestellt und unbewußt denunziert.

An den Erfolg, den Sudermann mit *Die Ehre* erzielte, konnte er mit seinem späteren Werk nicht mehr anknüpfen. Verglichen mit dem »Kunsttheater« des Naturalismus, erschienen seine vor allem auf Bühnenwirksamkeit bedachten Stücke eher dem Genre des Boulevardtheaters zuzugehören. Sudermann selbst machte für das nachlassende Interesse der literarischen Öffentlichkeit an seinem Werk seine kritischen Gegner verantwortlich, denen er in fünf Artikeln im *Berliner Tageblatt* im November 1902 die »Verrohung in der Theaterkritik« zur Last legte. Maximilian Harden, Ferdinand Avenarius und schließlich Alfred Kerr mit seinem »kritischen Vademecum« *Herr Sudermann der D..Di ..Dichter* (1903) wiesen seine Vorwürfe in zum Teil scharfer Form zurück.[34] Von dieser auf einer kritischen Analyse

34 Vgl. hierzu: Klaus Matthias: Kerr und die Folgen – Analyse der Sudermann-Kritik als Perspektive einer Neubewertung seiner Dramen. In: Walter T. Rix (Hrsg.): Hermann Sudermann – Werk und Wirkung. Würzburg 1980. S. 31–86.

von Sudermanns Theaterschaffen sich gründenden »Exekution« – so Kerr im Vorwort seiner Broschüre – hat sich das literarische Ansehen Sudermanns nie mehr erholt. Auch die neuere Literaturgeschichtsschreibung hat dieses Urteil der maßgeblichen Kritiker der Vorkriegszeit nicht revidiert. Die Rankünе, mit der Person und Werk Sudermanns im literarischen Leben Berlins vor dem Ersten Weltkrieg behandelt wurden, ist um so erstaunlicher, als Sudermann zur gleichen Zeit sich in der Öffentlichkeit mit dem ganzen Gewicht seines Ansehens für liberale Positionen einsetzte. Sein Kampf gegen die mit der lex Heinze geplante Einschränkung der Freiheit von Kunst und Presse ist kürzlich erstmals zusammenhängend dargestellt worden.[35] Durch die Organisation des »Goethe-Bundes«, später des »Kulturbundes deutscher Gelehrter und Künstler« und durch seine maßgebliche Mitwirkung bei der Gründung einer Sektion für Literatur an der Akademie der Künste schuf er die Interessenverbände, die im Kaiserreich und in der Weimarer Republik eine liberale bürgerliche Kulturpolitik durchzusetzen versuchten. Daß er trotzdem scheiterte und als Autor wie als Figur des öffentlichen Lebens fast völliger Vergessenheit anheimfiel, bleibt das bislang ungelöste Rätsel seiner Biographie. Er selbst hat in der sorgfältigen Dokumentation seines Lebens und Schaffens die Materialien zu dessen Lösung bereitgestellt.[36] Man wird nicht fehlgehen in der Annahme, daß das Scheitern Sudermanns aufs engste zusammenhängt mit den Unzulänglichkeiten in der Entwicklung des deutschen Bürgertums, das seine gesellschaftliche Identität und politische Selbstbestimmung nie im vollen Sinne erringen konnte. Als exemplarische Figur dieses bürgerlichen Trauerspiels ist Sudermann erst zu entdecken.

Bernd Witte

35 Panzer: Hermann Sudermann – eine politische Biographie. S. 17ff.
36 Kuhn: Zum Nachlaß von Hermann Sudermann. S. 467ff.